LA BAIE DES REQUINS

87, quai Panhard-et-Levassor – 75647 Paris Cedex 13
ISBN : 978-2-0815-1406-5

DANIEL VAXELAIRE

LA BAIE DES REQUINS

Flammarion Jeunesse

Si je vous raconte que mon père est garde-magasin pour la Compagnie des Indes, second personnage de cette colonie après le gouverneur, vous allez penser : « Ce gars est né avec une cuillère en argent dans la bouche ! » On voit bien que vous ne connaissez pas la colonie en question, ni le métier de mon père...

La colonie, c'est une île perdue au milieu de l'océan. Que dis-je ? Une montagne plantée dans la mer, avec des côtes sauvages et des pentes envahies de forêts ! Elle n'est occupée que depuis une trentaine d'années, sans doute parce que personne ne s'y intéressait, et nous sommes un petit millier de pionniers – ou de fous – à essayer d'y vivre.

Quant au métier de mon père, on devrait parler plutôt de malédiction : la Compagnie l'oblige à acheter aux colons leurs bons légumes et leurs cochons gras à des tarifs avares et à leur refiler à prix d'or des vieilleries de France : outils rouillés, tissus délavés et autres fonds de tiroir. Voilà ce qu'est un garde-magasin de la Compagnie des Indes : un genre de collecteur de fonds aux ordres de la si lointaine capitale. Même si on est affable comme mon père, c'est une fonction plutôt impopulaire.

Tout de même, ce n'était pas une raison pour mettre ce cadavre dans son bureau !

C'était un de ces matins frais de mai où l'on goûte avec délices, après les touffeurs de l'été, la douce caresse de l'alizé. Oui : nous sommes à l'envers du monde, la canicule est en décembre et l'hiver en juillet. Et l'on voudrait que les hommes d'ici aient la tête sur les épaules !

Je trottinais vers la côte, dans l'odeur des fleurs et le pépiement des oiseaux, tandis que mes pieds nus évitaient tout seuls les cailloux du sentier. Je ruminais un plan : comment échapper aux pénibles leçons de l'abbé Rustique ? C'est le curé et un des rares savants de notre petit pays. Il en est trop conscient et cela ne le rend guère tolérant : il a parfois la main dure avec les cancres dans mon genre. Je me disais que si mon père avait par exemple une course urgente à me confier, je pourrais éviter d'avoir à réciter mon latin, et donc de recevoir des coups de badine. Parce qu'évidemment je n'avais rien appris...

J'entends qu'on s'étonne : Comment, des sentiers, dans la capitale d'une colonie française, fierté de Sa Majesté Louis le Grand ? Ben oui : il n'y a ni rue ni chaussée ici, les maisons sont des huttes noyées dans la forêt et les souliers ne servent que pour aller à la messe. Un jour, il y aura peut-être des encombrements de carrosses, mais pour l'instant, c'est la brousse.

Le bureau de mon père – enfin, la cabane qui en fait fonction – est à un jet de galet de la mer, tout près de la Loge du gouverneur, la seule maison qui ait des murs de pierre.

J'arrivai en sifflotant, plein d'espoir, je grimpai les trois marches de bois qui mènent au bureau, dont la porte était ouverte, comme à l'accoutumée...

Et je trouvai mon père à genoux près d'un inconnu, fixant d'un air hagard un sabre – son sabre ! – planté tel un pavillon entre les deux omoplates du cadavre.

Je dis cadavre car une traînée de sang maculait les planches, à l'entrée de la cabane, et le sabré ne remuait pas plus qu'une bûche.

Mon père leva les yeux vers moi. Un regard étrange, surpris, un peu triste. Un regard comme jamais je ne lui en avais vu...

J'ouvris la bouche pour lui parler. Lui-même, comme réveillé par mon arrivée, s'apprêtait sans doute à dire quelque chose, mais il y eut un fracas dans mon dos et je vis débouler Groots, lequel beuglait des mots incompréhensibles, dans son langage.

Je me suis écarté : que peut-on faire devant deux cent cinquante livres de muscles lancées au grand galop derrière une hallebarde ?

Groots a pilé près de mon père. D'un geste de sa hallebarde, il lui a fait signe de reculer, ou de ne pas bouger, je ne sais trop. Prudemment, Père s'est écarté du trident de fer qui lui menaçait l'abdomen. Mais il ne quittait pas le mort des yeux. Le mort, avec son sabre bien planté au milieu du dos, comme si on l'avait pris à deux mains pour bien l'enfoncer.

Groots soufflait comme une baleine. Les têtes d'épingle de ses yeux pâles roulaient follement au-dessus de ses bajoues roses. Sa hallebarde hésitait entre pointer vers le mort, vers mon père ou vers moi.

Groots est un Hollandais abandonné par je ne sais quel rafiot. On l'a trouvé un jour sur une plage du Sud, déjà aussi pétillant d'intelligence qu'aujourd'hui. Nous autres, les jeunes, nous moquons parfois de lui, mais à bonne distance : allez savoir ce qui peut se passer dans cette cervelle de mouche plantée sur un corps de taureau...

J'affichai mon sourire le plus flamboyant.

— Ah, Groots, tu tombes bien ! Tu le connais, ce maraud ? Parce qu'on se demandait justement, avec mon père...

Il ne disait rien, mon père. Il baissait la tête, regardait ses mains, regardait le sabre... Le sabre du grand-père, pris sur je ne sais quel barbare espagnol, du temps de Mazarin ! La plus belle lame de la colonie, incrustée d'or à la mode arabe ! Elle était habituellement suspendue à la cloison, à la place d'honneur derrière l'écritoire paternelle. Cette arme avait tranché des figures et répandu des entrailles, aux temps héroïques, et voici qu'elle finissait dans le dos d'un inconnu à la tignasse jaunâtre ! Il y avait de quoi frémir de honte, vraiment !

Voyant que Père ne bougeait pas, j'avançai d'un pas, histoire de voir qui c'était. Sûrement pas un type bien, à en juger par l'odeur.

— *Alt !*

Le fer de la hallebarde fendit l'air au ras de mes narines.

— Mais enfin, Groots... Tu n'as pas peur d'un cadavre, tout de même ?

Il n'y avait vraiment pas de quoi. Des morts, nous en voyons plus qu'il n'en faut : quand la mer nous rend un marin noyé, quand la fièvre emporte une vieille femme, quand deux mauvais garçons se sont battus en duel... D'ailleurs, personne ne se serait ému si l'on avait trouvé ce malpropre allongé dans les broussailles. Mais ici, dans ce bureau, et avec ce sabre de luxe piqué entre les deux épaules !

Un détail m'effleura l'esprit, mais j'étais trop préoccupé par le silence de mon père et l'attitude bizarre de Groots pour y prendre vraiment garde. De toute façon, qui m'aurait écouté si j'avais commencé à jouer les limiers ? Les gens ne voient que ce qu'ils ont envie de voir...

Justement, ils arrivaient, les gens.

Un brouhaha enfla dans le sentier et je vis apparaître quelques-uns des pires bavards du pays, accompagnés de deux gros bonnets : Son Excellence le gouverneur et le préposé aux écritures, Valbert Gousier.

Le gouverneur est un dadais aux cheveux grisonnants. Généralement, il a l'œil plutôt vide. Je crois que son crâne est vide aussi. Mais le pauvre a des excuses : à l'origine, il était pilote sur un navire marchand. On l'a bombardé gouverneur sans lui demander son avis, et piloter une colonie de mille têtes dures, ce n'est pas de tout repos.

Gousier est aussi petit et sec que le gouverneur est long et mou. Il arbore toujours une mine sévère, mais je ne dirai pas de mal de lui : j'ai mes raisons.

Nous voyant figés comme des statues sous la menace de la hallebarde, le gouverneur s'écria :

— Diantre !

Il aime les jurons à l'ancienne. Il pense que cela fait distingué.

Découvrant le cadavre et le sabre, il ajouta :

— Peste !

Puis il se mit à fixer mon père, avec l'expression d'une perplexité grandissante.

— Palsambleu, mon ami...

Père leva les yeux vers lui, étonné comme moi de l'étrange ton sur lequel son chef, un homme qui le connaissait bien, s'adressait à lui : il y avait, dans ce ton, comme un air de soupçon !

Père haussa les sourcils. Une ébauche de sourire étira sa moustache. Il allait parler, sans doute pour sortir une de ces fines plaisanteries dont il est expert, quand il fut à nouveau coupé en plein élan par une autre arrivée.

— Faites place, mécréants !

Il n'y avait que l'abbé Rustique pour vociférer ainsi. Notre unique et impétueux curé fendit l'attroupement à grands coups d'épaule, brandissant son crucifix comme si c'était un marteau. Il s'immobilisa au premier rang, resta un moment à regarder mon père et soupira. Je savais qu'ils ne s'aimaient guère : ils avaient eu une querelle jadis sur je ne sais quel détail de croyance. D'ailleurs, s'il n'avait tenu qu'à Père, j'aurais appris à lire avec quelqu'un d'autre. Mais Mère tenait au « bon abbé », il avait cédé...

L'abbé Rustique soupira de nouveau. Père lui répondit par un sourire quelque peu ironique. Le curé leva le menton, parut chercher une inspiration dans le plafond de palmes tressées, puis pivota brusquement vers les curieux qui bourdonnaient derrière lui.

— Colonie dépravée ! tonna-t-il. Enfer et damnation ! Depuis combien de temps est-ce que je vous le dis ? Vous vous vautrez dans la paresse, la boisson et les vices ! Vous n'écoutez pas mes avertissements ! Vous persistez à enfreindre les commandements divins !

Sa voix s'enfla, comme s'il s'adressait à mille personnes. Il n'y en avait qu'une grosse douzaine, mais il est ainsi, l'abbé. Je crois qu'il rêve d'être un prédicateur célèbre. Dans une aussi minuscule colonie, c'est un difficile pari.

Sa voix s'enfla donc, et voilà qu'il désigna mon père en disant :

— Voyez ! Le crime est remonté jusqu'aux plus hautes sphères du pouvoir ! Le fruit est pourri ! Qu'attendez-vous pour nettoyer ce pays de sa violence et de ses péchés ?

Le gouverneur ponctua ce discours d'un « Fichtre donc ! » sonore, puis resta muet, visiblement indécis sur la suite. L'abbé le foudroyait, comme s'il était personnellement responsable de la dépravation de ses administrés. Quant à Gousier, il affichait sa figure habituelle : sombre et crispée.

Le gouverneur dansa d'un pied sur l'autre, fit craquer les doigts de sa main droite, ceux de sa main gauche, puis, parlant du coin de la bouche, sans doute pour paraître plus discret, il souffla à l'abbé :

— C'est bien beau, tout ça. Mais qu'est-ce que je fais ?

L'abbé Rustique leva sur lui une moue dédaigneuse.

— Ce que vous faites ? Votre devoir !

Et il se campa, les bras croisés, vivante statue de la justice divine.

Le gouverneur se racla la gorge, quêtant le regard de l'écrivain Gousier. Mais Gousier n'exprimait rien. Quant à mon père, il l'observait, avec ce qui me semblait être une curiosité amusée. Tout de même, il sursauta en entendant le gouverneur soupirer :

— Bon ! Eh bien... Que l'on arrête cet homme !

Père n'a rien répondu. Il a juste toisé les autres, qui ont baissé la tête. Même son regard était muet : impossible de savoir, même pour moi, s'il était indigné, amusé ou coupable.

Ils l'ont emmené, suivi de près par cette brute épaisse de Groots qui le vrillait du regard comme s'il était un dangereux bandit. Il est passé devant moi, sans un mot, droit comme un piquet. C'était un jeu. Ça ne pouvait être qu'un jeu !

Je les ai laissés partir et je suis resté dans le bureau. Personne ne faisait attention à moi. Vite, je me suis approché du mort, j'ai soulevé les cheveux sales...

Je l'ai reconnu tout de suite : c'était un certain Thurel, surnommé l'Éventreur. Un des pires forbans que l'écume du destin a jetés sur nos rives : de toutes les bagarres, de tous les sales coups ! Personne ne pleurerait un tel individu. Oui, mais il y avait le sabre de mon père au beau milieu de son dos...

J'ai tout laissé là, lame et cadavre, et j'ai rattrapé le cortège près de la Loge. Les commentaires allaient bon train. Certains n'étaient guère aimables : j'ai dit que mon père exerçait un métier impopulaire. Quand un honnête homme faisait remarquer que Charles PaixdeCœur n'avait pas mauvais fond, il y avait dix voix pour élaborer les plus sanglantes hypothèses à son sujet ! Je les aurais frappés, si j'avais été plus grand. J'aurais pleuré, si j'avais été plus petit. Je découvrais que dès qu'ils ont une histoire bien sanglante pour nourrir leur imagination, les gens sont prêts à gober tous les bobards. À l'un qui disait : « Mais pour quelle raison, grand Dieu, le garde-magasin PaixdeCœur aurait-il transpercé cet homme ? », un autre répondit : « Il trafiquait, mon ami ! Ils trafiquent tous ! »

Trafiquait-il vraiment ? Non : s'il l'avait fait, ma mère aurait porté de plus belles robes !

Contre la muraille arrière de la Loge se trouve un bloc de basalte, énorme, massif, auquel sont ancrées deux lourdes chaînes terminées par des anneaux de fer plat. Pas de mur, pas de toit ; c'est une prison suffisante : pour s'en enfuir, il faudrait traîner la moitié de l'île à sa cheville.

Le gouverneur hésitait, mais il y avait tous ces gens qui le regardaient, ces murmures et surtout le regard de braise de l'abbé Rustique, qui avait trouvé un coupable et n'entendait pas lâcher sa proie... Le gouverneur a commencé par grommeler quelques « Vertuchou », « Fichtre » et « Jarnicoton », puis il s'est échauffé à sa propre apparence d'autorité et il a fini par ordonner :

— Attachez-le, qu'il ne s'enfuie point !

Rustique a hoché une tête satisfaite, Gousier restait impénétrable. Quant à Père, il a tendu sans rien dire ses poignets vers les bracelets de fer...

Quand il fut enchaîné, il y eut un lourd silence. C'était la première fois, dans la courte histoire de cette île, qu'un aussi haut personnage était traité d'une telle manière. Et sur quels éléments ?

Mais qu'on n'attende pas de logique de la part d'une foule : le simple fait de voir mon père assis par terre dans la poussière, enchaîné au rocher comme le dernier vagabond, confirmait en quelque sorte les soupçons sur sa culpabilité. Si on leur avait raconté qu'il mangeait des enfants au souper, ils l'auraient cru !

L'abbé Rustique se pencha :

— Confesse-toi, Charles PaixdeCœur !

Mon père haussa les épaules, ce qui fit un cliquetis de lourde ferraille.

— Libère ta conscience, je te l'ordonne !

L'abbé sautillait d'excitation. On aurait dit ma mère quand elle trouve quelque bestiole nuisible dans son carré de choux : une fureur vengeresse.

— Allez, parle, mécréant !

Il n'aurait pas dû insister car mon père leva les yeux sur lui et lâcha, d'une voix glaciale :

— Me confesser ? À vous ? À vous qui m'avez déjà jugé, sans enquêter, sans réfléchir ? Dans cette affaire, ma conscience est plus claire que la vôtre, Rustique !

D'accord, l'abbé l'avait mérité, mais ce n'était peut-être pas la réponse la plus diplomatique à faire. L'abbé Rustique eut un hoquet d'indignation.

— Maudit insolent ! Tu brûleras en enfer !

Je pris mes jambes à mon cou vers la maison : cette affaire tournait terriblement mal.

J'eus beau galoper dans le sentier tordu qui mène jusqu'à chez nous, la rumeur était arrivée avant moi : il y avait là, faisant le siège de ma mère, trois drôles qui m'auraient fait sourire si l'heure n'avait été aussi grave.

Le plus présentable était Anselme, notre voisin. Un gars bien fait et musclé, qui vous abat un arbre en deux coups de hache mais qui a le défaut de venir trop souvent besogner à deux pas de chez nous, torse nu pour qu'on voie bien ses muscles. J'ai longtemps trouvé cela admirable, jusqu'à ce que je m'aperçoive que ce bellâtre essayait de troubler ma mère.

Le plus pompeux était le sire de Badménil, un autre voisin. Les mauvaises langues affirment qu'il n'est pas plus sire que vous et moi et que son Badménil est une bauge à sangliers perdue dans les forêts. Mais ici, il peut parader : il est un des plus riches colons du pays.

Le plus pitoyable était le vieil Augustave, qui avait trottiné depuis sa cabane au bord de la ravine. Augustave n'a plus ni dents ni cheveux, mais cela ne l'empêche pas de guetter, avec l'œil que le poulet a pour le vermisseau, tout ce qui a plus de douze ans et qui porte jupon.

Car ces trois-là étaient sans femme.

L'ai-je dit ? Notre colonie manque terriblement de représentantes du beau sexe. Rien d'étonnant : c'est un pays neuf, les premiers habitants étaient des pionniers, en majorité mâles. Quand le pionnier a défriché la forêt, planté des graines et bâti sa cabane, il aimerait bien fonder une famille, mais comment y parvenir sans femme ?

Voilà pourquoi les célibataires guettent avec tant d'avidité les trop rares navires, pourquoi Augustave observe si intensément les jeunes filles et pourquoi une veuve est courtisée avant que la tombe de son défunt mari soit rebouchée.

En l'occurrence, je trouvai que nos trois voisins enterraient Père un peu vite. Mais quand on est un garçon bien élevé, on ne coupe pas la parole à des adultes.

Anselme était le plus honnête :

— Il faut faire confiance à la justice de Sa Majesté ! claironnait-il, en faisant tout de même quelques effets de buste.

Le sire de Badménil était d'un autre avis :

— Quelle justice ? Vous avez vu un bateau en rade ? Y a-t-il un envoyé du roi Louis dans cette île ? Non ! Donc ils vont le juger eux-mêmes ! Alors, que Dieu vienne en aide à votre mari, Madame !

— Qui va juger ? s'insurgea Anselme.

— À mon avis, trois juges. Un seul suffirait, mais ils voudront s'appuyer les uns sur les autres. Le premier sera le gouverneur. Normal. Mais vous savez qu'il n'est qu'une marionnette aux mains de l'abbé. Le second sera sans doute l'écrivain, Gousier, ce triste sire. Le troisième... Je verrais bien l'abbé lui-même. À moins qu'il ne place une créature à lui. Une créature bien docile... Pourquoi pas ce Groots ?

Anselme eut un haut-le-cœur. Mais les mots – de consolation sans doute – qu'il s'apprêtait à prononcer lui furent coupés au sortir du gosier par le vieil Augustave qui, avançant une main décharnée vers les cheveux de ma mère, crachota :

— Ne pleurez pas ! On s'occupera bien de vous, quand vous serez veuve !

Vous n'avez jamais vu ma mère en colère.

Moi, je me suis déjà pris quelques bonnes frottées, quand je rentre à la nuit, crotté et puant. Il faut dire que chez nous, on se lave. Donc, je l'ai déjà vue échauffée, ma mère. Mais là...

Elle les a dévisagés, tous les trois. Ils affichaient des sourires benêts, espérant peut-être qu'elle allait se jeter dans leurs bras en sanglotant. Mais au lieu de s'effondrer, elle a décroché la hache à fendre le bois qui est suspendue sur le côté de la maison et elle a grondé :

— Le premier d'entre vous qui remet les pieds ici, je lui enfonce ce fer entre les deux yeux !

Le bel Anselme a cru pouvoir l'amadouer :

— Mais enfin, Hélène...

La hache a ronflé au ras de ses pectoraux et il a bondi en arrière.

— Faites-le savoir ! a tonné ma mère. Je n'ai pas besoin de galants devant chez moi !

Jetant la hache sur son épaule, elle a marché vers la maison. Sur le pas de la porte, elle s'est retournée et leur a hurlé, à ces trois bêtas :

— Et croyez bien que je n'aurai pas peur ! Ah, vous pensez que mon mari est capable de tuer ! Eh bien, moi aussi, je peux !

Puis elle a claqué le vantail de bois derrière elle, si fort que toute la baraque a tremblé.

Quand les trois autres s'en furent allés, affichant des mines de chiens battus, j'ai émergé de mes buissons et j'ai toqué à la porte, prudemment : je n'avais aucune envie de recevoir un coup destiné à un autre. Mais la hache était par terre et Mère pleurait à gros sanglots.

Je me suis approché, l'ai embrassée sur la joue. D'habitude, elle me gronde, elle dit que je suis trop grand pour ces chatteries, que je commence à piquer.

Mais là, elle m'a laissé la serrer, très fort, puis elle a murmuré :

— Qu'est-ce qu'on va devenir ?

Je me suis redressé et j'ai affirmé :

— J'ai une idée !

Pur mensonge : mon esprit était aussi vide qu'une noix de coco nettoyée par les rats. Mais il fallait bien la rassurer...

Elle a levé vers moi ses grands yeux clairs mouillés de larmes et je me suis dit qu'un jour, quand je serai grand, le plus doux bonheur qui pourrait m'arriver serait d'être aimé comme l'est mon père. Mon père attaché à une roche comme un chien, attendant un jugement décidé d'avance...

— J'ai un plan ! Aie confiance !

Et je suis très vite sorti, avant de me mettre à braire à mon tour. Les garçons, ça ne pleure pas.

Dehors, je me suis redressé. Je me suis dit que j'étais presque un homme, qu'en fait j'étais l'homme de la famille, puisque mon père était en prison. Et que j'allais sécher les larmes de ma mère.

Je commençais à me sentir presque bien, l'œil sur l'horizon, cambré contre les éléments adverses, quand un petit poing vivement envoyé s'est enfoncé dans mon ventre.

— Alors, qu'est-ce que t'attends pour aller le délivrer ?

Enfer et damnation ! C'était ma sœur...

Dans un pays normal, les filles ne sont déjà pas faciles à comprendre. Mais ici, c'est pire que tout : comme elles sont rares, elles ont tendance à se prendre pour des princesses. Anne-Laure, ma sœur, est plus dictatoriale et entêtée que toutes les filles du pays. Elle n'a pourtant que dix ans. Je n'ose pas imaginer comment ce sera quand elle en aura douze et se prendra pour une femme. Certains jours, j'ai envie de l'étrangler. Presque tous les jours, si j'y réfléchis.

Donc, elle venait de m'enfoncer son poing presque jusqu'au coude dans l'estomac en jappant :

— Qu'est-ce que t'attends pour aller le délivrer ?

— Fiche-moi la paix, moucheron ! Bien sûr, que je vais le délivrer !

— Que *nous* allons ! corrigea-t-elle.

Elle courait presque aussi vite que moi, cette teigne : je n'avais aucune chance de m'en débarrasser. Je partis d'un pas égal vers la Loge, sans prendre la peine de me retourner : je savais bien qu'elle me collait aux basques.

Hélas, quand nous sommes arrivés près de la Loge, j'ai vu qu'il n'était pas question d'assaut brutal et de délivrance musclée : une foule bourdonnante était là, observant mon père avec curiosité. En outre, ses chaînes étaient vraiment grosses, il était encadré de deux gardes, sans compter Groots qui le couvait de regards féroces en faisant rouler des muscles épais comme des cordages. De toute évidence, il allait falloir jouer plus subtilement.

— Il suffit de prouver son innocence ! corna une petite voix au niveau de ma ceinture.

— J'y pensais, figure-toi !

Ce qu'elle m'agaçait, celle-là...

Personne ne semblait s'intéresser au bureau de mon père où le défunt gisait environné de quelques mouches. Remarquez qu'il n'y avait guère de changement : même vivant, ce malpropre était entouré de mouches...

Le sabre avait disparu. Sans doute le gouverneur l'avait-il fait emporter, en guise de « preuve ». Qu'étaient-ils donc en train d'imaginer, ces idiots ?

Je me penchai sur feu l'Éventreur. Les traces de sang avaient séché. À vrai dire, il y en avait fort peu...

C'est alors que me revint la pensée qui m'avait effleuré une heure plus tôt, lorsque j'avais découvert la scène : pourquoi un homme transpercé d'un sabre n'avait-il pas plus saigné ? Et surtout : pourquoi y avait-il des traînées marron sur les marches du bureau ? Pouvait-on imaginer que l'Éventreur avait trottiné dans la campagne et grimpé l'escalier avec une lame presque aussi grande qu'Anne-Laure plantée entre les deux omoplates ? Voilà qui n'était guère vraisemblable !

J'étais en train d'examiner tout cela d'un peu plus près quand une voix me fit sursauter :

— Qu'est-ce que tu fouines, fils d'assassin ?

L'abbé Rustique ! Il n'y a que lui pour marcher aussi silencieusement, sans faire craquer la moindre brindille sous ses pieds aussi durs que de la corne. Car l'abbé Rustique va nu-pieds, comme tout le monde ici, sauf le gouverneur, cela va sans dire. Il aime surprendre les gens : quand on est surpris, on a toujours, durant une seconde, une espèce d'air coupable, et Rustique adore les coupables.

— Graine de Caïn ! commença-t-il.

Mais Anne-Laure le bloqua instantanément :

— Mon père ! Mon père ! Quand est-ce que j'aurai droit à la sainte communion ?

Elle écarquillait des yeux innocents.

— Quand tu auras l'âge !

Il ne faut jamais répondre à Anne-Laure, sinon elle vous pose une autre question.

— Mais alors, mon père...

Je dérivai d'un pas, puis d'un autre, vers les buissons, et je disparus sans faire de geste brusque, comme le caméléon.

Juste à temps : deux sbires arrivaient, qui saisirent feu l'Éventreur par les poignets et les chevilles et le traînèrent dehors tel un sac de grains. Ses reins frottaient le sol. Toutes les traces furent effacées, aussi bien sur le plancher que sur les marches : je ne pourrais jamais faire part de mes observations à un observateur intègre. Y en avait-il un, d'ailleurs, dans cette île ?

L'instant d'après, Anne-Laure me rejoignait dans les buissons. J'avais espéré lui échapper, mais elle a un flair autrement développé que celui d'un Rustique.

— Qu'est-ce que tu ferais sans moi ? commença-t-elle.

Si je la laissais poursuivre, nous en avions pour la journée. Il n'y avait qu'une solution : je la pris dans mes bras, la serrai bien fort et lui plaquai un gros baiser sur la joue avant de murmurer d'un ton extasié :

— Tu m'as sauvé la vie !

Elle me fixa d'un air soupçonneux, mais j'enchaînai très vite :

— Tu ne trouves pas qu'il y a quelque chose de bizarre dans cette affaire ?

Rien de tel qu'un peu de mystère pour clore le clapet d'une bavarde, quel que soit son âge. Elle me dévisagea avec de grands yeux.

— Cet homme n'est pas mort dans le bureau de Père. On l'y a traîné : il y avait du sang sur les marches !

Elle parut un moment troublée. Puis elle aboya :

— C'est tout ?

Agaçante, vous dis-je !

Ce n'était pas tout. Il y avait aussi la personnalité du mort, si on peut qualifier ainsi un caractère qui se rapprochait de la bête féroce. Thurel, dit l'Éventreur, était ce qu'on pouvait appeler un mauvais pirate. Oui, nous en avons de bons : des gens qui ont choisi d'abandonner leur funeste métier pour devenir de braves colons ; « des âmes repenties », aime dire l'abbé Rustique. Pas du tout le genre de Thurel. Se pouvait-il que ce rufian ait pu agacer mon père au point que celui-ci lui plante un sabre de famille dans le dos ? Père, un homme que je n'avais jamais vu perdre son calme ?

— Alors, comment on va la prouver, l'innocence de papa ?

La voix de ma conscience – une conscience au nez en trompette et aux yeux bleus sévères – me ramena sur terre.

Je n'ai rien répondu. Parfois, le mépris vaut tous les discours. Mais je suis parti à grandes enjambées vers la cabane de l'Éventreur, au pied des montagnes. Peut-être y trouverais-je quelque chose qui éclairerait ma lanterne ? Parce que pour l'heure, je n'avais pas beaucoup d'éléments pour convaincre qui que ce soit. Tout juste si j'étais convaincu moi-même... Le trottinement derrière moi ajoutait à la confusion de mes pensées. Si elle avait pu me lâcher un peu, celle-là ! Mais autant essayer de demander aux poissons de tricoter des chaussettes !

On ne pouvait pas manquer la bicoque à Thurel : l'odeur vous accueillait à cent pas.

L'endroit était désert. Je sentais malgré tout comme un tremblement dans mes genoux : cette maison, c'était un peu comme celle de l'ogre, et même si je savais que celui-ci était bien mort...

Je poussai la porte, qui grinça comme doivent grincer ces portes-là : un couinement effrayant. J'avançai le buste dans l'antre puant...

Une main énorme se referma sur mon avant-bras, tandis qu'un coutelas large comme une pelle se profilait sous mon nez.

Une voix éraillée gronda à mes oreilles :

— Quoi toi faire, chapon ?

Il n'y avait, dans le voisinage, qu'un seul homme pour dire « chapon » à la place de « chenapan ».

— Yonn Pitre ! articulai-je. C'est moi !

Le couteau s'écarta un peu, mais la poigne ne me lâcha pas.

— Toi qui ?

— Bastien ! Bastien PaixdeCœur ! Le fils du...

Je m'arrêtai net. Que fallait-il dire ? Le fils du garde-magasin ? Ou le fils du suspect ?

— Quoi toi barbouiller ici ? Hein ?

— Eh bien... Tu comprends...

Non, il ne comprenait pas. Yonn Pitre fait partie de la catégorie des « bons pirates », mais cela ne l'a pas rendu bon en français pour autant. Ses sourcils touffus se rejoignaient au-dessus de ses yeux noirs et je me dis qu'il allait m'étrangler ou m'ouvrir en deux avec son outil... bref, un réflexe de forban : étriper d'abord, discuter ensuite. Une idée dut faire son chemin, tout de même, dans ce crâne épais, car un sourire découvrit peu à peu ses chicots noircis. Il libéra mon bras.

— Bastien ? 'Scuse : pas reconnu.

Il sourit encore plus large. Avec ces dents comme de vieilles souches, et dont beaucoup manquaient, c'était presque plus effrayant que le couteau.

— Père toi pas puer !

Il me fallut un instant pour traduire. « Pas tuer ». Pensait-il vraiment Père innocent ? C'était bien le premier !

— Moi jacasser avec père toi. Brave homme. Pas puer !

— Ça, on le sait ! Mais qui a tué, alors ?

C'était Anne-Laure qui n'avait pas pu se retenir. Le colosse se pencha pour la dévisager et éclata de rire.

— Toi chercher assassin ? Burlesque !

Avant qu'elle ait le temps de s'échauffer, je demandai très vite :

— Vous avez fouillé la case ?

— Oui. Trouvé ça.

Perdue dans son énorme main, une rondelle de métal accrochait la lumière.

— Une piastre d'argent ? Une piastre de la Compagnie ?

C'était là une denrée rare. Il n'y a pas de monnaie, ici. Ou plutôt, le peu de monnaie est stocké par les colons, pour les mauvais jours. On ne s'achète rien, on troque : une poule contre trois mesures de blé, un pan de tissu contre un couteau... Les anciens forbans sont parmi les plus démunis. Il y a belle lurette qu'ils ont dépensé leur argent malhonnêtement gagné, sauf quelques-uns qui ont pris femme et sont devenus colons. Alors, une piastre de la Compagnie, et toute neuve, chez un rat de taverne comme Thurel !

J'ouvrais la bouche pour poser une question quand la main de Yonn Pitre me bâillonna.

— Fermer bec !

Il tendait l'oreille. Je perçus une vague rumeur.

— Dehors ! Filer ! Vite !

Quand il veut, il sait se faire comprendre : il n'avait pas fini de parler que nous avions disparu dans les rochers, rapides comme trois lapins.

La rumeur approchait. Je voulus lever la tête pour voir, mais une tape me força à me renfoncer dans l'ombre. Je sentis l'odeur d'une torche goudronnée et j'entendis une voix qui ordonnait :

— *Venga !*

Et soudain, la lueur du feu dans le bois sec...

La cabane de l'Éventreur a flambé en un rien de temps. Une grande flamme claire qui a alerté tout le quartier. Nous nous sommes éloignés sans nous faire voir. De toute façon, il n'y avait plus rien à trouver dans ce brasier. Quant aux incendiaires, ils avaient disparu depuis longtemps.

Nous avons tenu une sorte de conseil de guerre, Yonn Pitre et moi, assis sur des rochers, loin de l'incendie et du tapage excité que menaient les curieux. Enfin, Yonn Pitre, moi et Anne-Laure, parce qu'elle ne nous avait pas lâchés, évidemment !

— Ces gars-là, qui c'étaient ?

Yonn Pitre haussa un sourcil mais ne dit mot.

— Vous ne voulez pas parler ?

Silence.

— Pourquoi ?

Anne-Laure eut un soupir agacé.

— Tu ne comprends pas, espèce de limace ? Ce n'est pas qu'il ne veuille pas : il ne peut pas ! Et s'il ne peut pas parler, c'est parce qu'il ne veut pas dénoncer des anciens compagnons ! Parce que ce sont des pirates, hein, monsieur Pitre ?

Le géant hocha la tête d'un air malheureux. Anne-Laure poursuivit son interrogatoire. Quand elle tient un os, elle est pire qu'un chien enragé :

— Et ils voulaient faire disparaître des choses qui auraient pu se trouver dans la cabane, hein ?

Yonn Pitre haussa les épaules. Ma sœur ne renonça pas pour autant :

— C'est peut-être ces gens qui ont tué l'Éventreur ! Oui, mais pourquoi ? Un vol, une bataille d'ivrognes, une affaire de femme ?

Juste ciel ! Était-il possible qu'un détritus ambulant comme l'Éventreur ait des « affaires de femme » ? Je tirai l'épaule d'Anne-Laure.

— Viens, laisse-le tranquille. Il a besoin de réfléchir... Lui aussi a envie de savoir la vérité !

Enfin, j'espérais !

Elle se laissa entraîner, à contrecœur. Nous n'avions pas fait dix pas qu'elle demandait :

— Ça veut dire quoi, burlesque ?

Laissant Yonn Pitre à ses méditations, nous avons dévalé vers la Loge par un raccourci. Pas moyen d'approcher Père, hélas : l'incendie avait attiré une partie des badauds, mais les gardes étaient toujours là, vigilants. Je me demandais même s'ils n'étaient pas plus nerveux. Pensaient-ils que le feu était une diversion pour délivrer le « criminel » ? Dans ce cas, essayer de lui parler ne ferait qu'alourdir les soupçons...

Du côté du bureau, en revanche, il n'y avait personne. La porte restait ouverte, le vent faisait voleter des papiers sur le plancher souillé. Je frissonnai : on aurait dit que Père était parti depuis des années...

Plus aucune trace utile n'était visible : les pieds boueux avaient tout effacé.

— Tant pis. Voyons du côté des buissons...

Il ne me fallut pas longtemps pour trouver une piste : des brindilles brisées montraient qu'on avait traîné quelque chose de lourd. Il y avait même, sur certains cailloux, des salissures brunes... Du sang ? La terre grasse avait conservé, ici et là, l'empreinte de gros pieds nus. Si j'avais pu faire venir tous les hommes de la colonie, peut-être aurais-je pu trouver quels orteils avaient laissé ces traces, mais qui se serait prêté à ce jeu, pour faire plaisir au fils du suspect ? Il me fallait quelque chose de plus consistant.

Hélas, les traces se perdirent bientôt : nous étions tombés sur la rue Royale.

La rue Royale – un sentier un peu plus large que les autres – est le chemin le plus direct pour aller du haut du quartier, où habitent les gens, jusqu'au bord de mer, où résident le commerce, les pêcheurs et le pouvoir. Beaucoup de gens empruntent ce passage, auxquels s'ajoutent des armées de poules, de chèvres, porcs et dindons qui vaquent en liberté, en attendant la casserole. Mes indices disparaissaient sous la marque des pieds, des pattes et des sabots et les autres souvenirs laissés par les bestioles et les humains.

Je m'entêtai malgré tout et je m'accroupis pour examiner de près les cailloux, espérant repérer une trace de sang. Et j'étais là, quasiment le nez dans la bouse, quand un gloussement étouffé de ma sœur me fit relever la tête. Isabelle Gousier, la troublante

Isabelle, descendait le sentier, un panier sur la tête. Comment peut-on avoir la démarche aussi onduleuse quand on possède un père aussi raide ? J'étais depuis longtemps en extase devant Isabelle, un peu à la manière du bousier amoureux d'une libellule. Et cette traîtresse d'Anne-Laure, qui le savait, s'était bien gardée de m'avertir !

Il était trop tard pour me relever et prendre un air naturel. Je restai penché sur la route, comme un idiot qui aurait perdu ses billes parmi les crottins. Elle passa devant moi sans rien dire. Elle savait, évidemment, pour mon père ; tout se sait si vite dans un petit pays ! Son regard passa sur moi comme si j'avais été une chèvre, un galet ou pire encore.

Je vis ses chevilles fines défiler. Elle a le pied si léger, Isabelle, on croirait qu'elle ne touche pas le chemin. Elle s'est éloignée, dans le balancement de sa jupe. Elle a disparu au détour du sentier.

— Ferme ton clapet ! a ricané ma sœur. Tu vas baver sur tes genoux !

L'enterrement a eu lieu l'après-midi même : dans notre chaud climat, on met vite les morts au trou. De toute manière, un Éventreur ne méritait pas une veillée avec pleureuses, cierges et discours !

Mère est restée à la maison, le nez rouge, serrant très fort Anne-Laure dans ses bras. J'en ai profité pour filer et me glisser près du cimetière. Pas trop près : un de ces imbéciles aurait pu prendre cela pour de la provocation. Mais ce ne sont pas les endroits qui manquent d'où l'on peut voir sans être vu.

Il n'y avait pas foule. Normal, compte tenu de la réputation du personnage. On ne voyait pratiquement aucun des colons les plus besogneux : ils avaient mieux à faire et je les comprenais. Leurs épouses étaient là pour eux : elles leur feraient le compte rendu...

Plus surprenante était l'absence des compagnons du défunt. Où étaient-ils, ces forbans qu'on voyait en confrérie à la taverne d'Alcindor ou chez la Mère Lenclume ? Pas de cortège tapageur pour accompagner leur ancien ami ? Pas de coups de pistolet tirés au ciel, comme quand le vieux Richepanse, un vétéran balafré de la tête aux pieds, avait perdu son ultime duel ? Il y en avait bien deux ou trois, mais ils étaient au dernier rang, tortillant leur bonnet dans leurs mains épaisses, la mine peureuse. Étrange.

Les acolytes de l'abbé Rustique avaient déposé le cadavre sur le bord de la fosse, roulé dans un linceul. Ils avaient dégagé son visage. Encore plus laid mort que vivant.

Le curé s'avança, soutane au vent, la face tragique. Posant à ses pieds la jatte d'eau bénite, il toisa la petite foule et tonna :

— Sodome et Gomorrhe !

Personne ne broncha : à mon avis, pas une personne sur vingt ne savait à quoi il faisait allusion. Mais son ton était clair : visiblement, il n'était pas de bonne humeur.

— Stupre et sacrilège ! Peuple dégénéré ! Bande de païens, de canailles, de filles perdues et d'assassins !

Un frémissement parcourut la foule. Des dames de bonne famille firent un pas en arrière, histoire de ne pas être englobées dans ce jugement tonitruant.

— Colonie perdue ! Paradis souillé ! Depuis combien de temps est-ce que je vous le dis ? Depuis combien de temps est-ce que je prêche contre les mauvaises mœurs, la violence, l'abus d'alcool ? Et maintenant, l'homme est devenu un loup pour l'homme ! Le crime s'est ajouté à la licence et aux plus abominables péchés !

On se serait cru au Jugement dernier.

— Il faut que justice soit faite ! Personne, si puissant soit-il, ne doit être à l'abri du glaive divin !

Le « puissant », évidemment, c'était mon père...

Et là, une fois de plus, je vis des têtes s'incliner : trop contents, ces lâches, de voir que le fardeau des fautes était concentré sur un seul ! Qui m'avait dit que chez les Anciens, on sacrifiait un bouc pour laver un peuple de tous ses péchés ? L'abbé Rustique ! Mais pourquoi accusait-il Père avec autant d'obstination ?

Pendant tout le prêche, j'avais vu des marques d'approbation, au premier rang. Même le sire de Badménil, ce vautour, avait opiné du bonnet. Si je rapportais ça à ma mère, il le paierait cher !

Mais le plus inquiétant était la mine du gouverneur. Le pauvre homme n'était plus pilote depuis longtemps. Usé par les récriminations des uns et les exigences des autres, il était devenu girouette : il avait pris l'habitude de suivre le plus braillard. Et comme braillard, l'abbé Rustique se posait là !

Je m'attendais au pire de sa part. Je n'ai pas été déçu. Voyant qu'un lourd silence suivait la fin du prêche et qu'en outre tout le monde le regardait, notre gouverneur fit « Ahem » en se raclant la gorge, puis bomba le torse et vociféra :

— Justice sera faite, morbleu ! Je m'en tiens garant !

Les pires prévisions du vieil Augustave se confirmaient : il était urgent de tirer Père de ce traquenard. Très urgent, car le gouverneur ajouta :

— Le tribunal se réunira pour décider du verdict ! Dès demain, cornegidouille !

Demain ? Sans que quiconque essaie d'en savoir plus ? C'était donc vrai : leur jugement était fait.

Je m'enfonçai dans les buissons, essayant de refouler les sanglots qui montaient à ma gorge. Parce que tout de même, je ne suis qu'un gamin. Que pouvait faire un freluquet dans mon genre contre une coalition d'adultes bornés ?

Je me suis bien gardé de repasser par la maison : Mère avait bien assez de soucis et surtout je ne voulais pas avoir à supporter Anne-Laure, ses questions incessantes et son air d'avoir toujours tout deviné avant moi. De toute façon, la place d'une fille n'était pas là où j'allais. La place d'un garçon de bonne famille non plus, d'ailleurs : le bouge d'Alcindor n'est pas à proprement parler l'endroit le plus fréquentable de cette île.

Alcindor est un brave bougre, pourtant. C'est un « Noir de la Colonie », autrement dit un esclave public qui est parvenu à racheter sa liberté à force de labeur. Bel exemple pour les fainéants qui nous entourent. Mais quand il a été libre, il a été bien embarrassé. Aucun propriétaire ne voulait l'embaucher dans ses champs : pensez, un Noir libre à côté de Noirs esclaves, quelle détestable influence ! Et comme il n'avait pas l'argent pour s'acheter un lopin de terre, il a bâti une cabane dans un fond de ravine et s'est mis à préparer des mixtures qu'il qualifie de noms grandioses : « Vin délectable », « Bière des dieux », « Cuvée du chef », etc. Ces breuvages à base de jus de canne et de sève de cocotier fermentée sentent uniformément le moisi, parfois le vomi, mais les ivrognes s'en accommodent, car ils sont bon marché et efficaces : chez Alcindor, il n'est pas nécessaire de dépenser beaucoup pour rouler sous la table. Moyennant quoi le fond de ravine est un concert perpétuel de braillements et de rires gras, que perce parfois un couinement de fille. Parce qu'il y a aussi des filles chez Alcindor. Enfin, des « femelles », comme dirait ma mère...

J'approchai de ce temple du vice avec des tremblements dans les genoux. On m'en avait toujours dit le plus grand mal, du genre : « Si tu n'étudies pas ton latin, tu finiras videur de pots chez Alcindor ! » En même temps, j'étais curieux de savoir ce qui se passait réellement dans cet endroit interdit. Et le fait d'être chargé d'une mission sacrée justifiait toutes les entorses au règlement familial.

La taverne était calme. De vagues bruits s'échappaient de la porte, ouverte sur une sorte de grotte obscure et, il faut le reconnaître, puante. Je compris quand j'eus mis le pied à l'intérieur : tout le monde dormait, là-dedans. Il y avait des gars qui ronflaient, la figure sur une table, au milieu des pots renversés, d'autres allongés par terre dans toutes les positions, raides comme des cadavres, mais ces cadavres ronflaient et frétillaient des moustaches quand une mouche importune venait se poser sur leur nez. Il y avait aussi des sabres, des pistolets et un nombre impressionnant de coutelas jetés en vrac dans un baquet, à l'entrée.

Je n'eus aucun mal à reconnaître Alcindor : c'était le seul Noir de l'assemblée. Il était assis à même la terre battue, les reins appuyés contre la cloison, près du baquet aux armes. Près de lui étaient rangées des barriques ouvertes, emplies de liquides noirâtres où flottaient des choses. J'eus l'impression que l'une d'elles bougeait. Un rat ? Cela faisait peut-être partie de la recette...

Les yeux d'Alcindor s'ouvrirent comme les sabords d'un navire et il me dévisagea :

— Ta place n'est pas ici !

Je me penchai. Il n'avait pas l'air rassurant avec sa grosse figure zébrée de cicatrices et ses dents de fauve, mais je n'avais pas le droit de reculer. Je soufflai :

— Je viens pour mon père. Vous ne pourriez pas me parler de l'Éventreur ?

Il roula des yeux affolés et mit un doigt sur ses lèvres. Trop tard : une main me saisit au collet, je me sentis arraché de terre. La main me fit pivoter et je me retrouvai en face d'une figure basanée, auquel un revers de sabre avait élargi le sourire jusqu'au milieu de la joue droite. Manuel ! Difficile de tomber plus mal : c'était l'âme damnée de toute cette sale équipe qui volait les poules, effrayait les jeunes filles, insultait les braves gens et parfois les rouait de coups. Manuel, naufragé d'un navire pirate, comme Thurel, rebelle à tout travail, à toute obéissance, mais qu'on n'osait pas emprisonner parce qu'il était trop fort et trop bien obéi par sa bande de canailles !

Il me cracha à la figure je ne sais quelle litanie d'insultes, dans son langage. Pas besoin d'interprète pour deviner le sens : je me mêlais de ce qui ne me regardait pas et l'on me faisait comprendre que ce n'était pas bien.

Pour que la leçon pénètre encore mieux dans mon esprit, sans doute, il me prit à bras-le-corps et me lança, comme on lance un rocher ou une bûche. Je ne sais pas si j'ai traversé la cloison ou cogné ma tête dans le montant de la porte. Je me souviens juste de ce visage mauvais s'éloignant dans le noir, puis plus rien.

— Monsieur ? Monsieur ?

Une caresse sur mes joues, une voix agréable... Je prolongeai un instant mon sommeil, histoire de sentir encore ces mains m'effleurer. Histoire aussi de ne pas me souvenir, sans doute...

— Ouvre les yeux !

C'était un ordre. J'obéis. Les paupières fonctionnaient : première bonne nouvelle. Pour le reste, je préférais ne pas essayer tout de suite : j'avais l'impression qu'on s'était servi de mon corps pour fendre du bois.

Elle était belle, elle était noire : Marianne, la fille d'Alcindor ! Les bonnes gens parlaient d'elle en pinçant le nez : son père était un ancien esclave, elle n'avait pas tout à fait la bonne couleur, elle travaillait dans le pire endroit de la colonie...

Elle a dû deviner mes pensées car son visage s'est fermé d'un seul coup et elle a sifflé :

— Bon, t'es vivant ? Alors, fiche le camp, fils de maître !

C'était nouveau, ça. On m'avait traité de fils de riche, de fils de fonctionnaire et, ce matin même, de fils d'assassin, mais encore jamais de fils de maître ! Il n'y a pas l'ombre d'un esclave chez nous. Les colons peuvent bien se moquer, ma mère refuse farouchement d'acheter une domestique. Elle préfère tout nettoyer elle-même. Et quand elle a décrété quelque chose, ma mère...

J'ai grincé :

— Tu as raison, vaut mieux que je m'en aille...

J'ai essayé de me lever. Et soudain, j'ai eu l'impression que ma tête était transformée en baril d'Alcindor, y compris le breuvage et les nageurs à moustaches. Ça clapotait là-dedans. Je retombai en haletant.

— Tu as mal ?

Marianne avait à nouveau l'air inquiet.

— Non. Ça va aller mieux dans un moment...

J'affichai mon sourire numéro sept : une pincée de bravoure sur un rictus de souffrance. Cela marcha aussi bien qu'avec ma mère.

— Reste là, repose-toi, dors.

Et elle appuya sa main fraîche sur mon front.

Je ne me le fis pas dire deux fois.

Quand je m'éveillai, il faisait déjà sombre. J'étais allongé sur un lit de fougères, emballé comme une saucisse dans une couverture épaisse. J'entendais, pas très loin, le vacarme du bouge. Et j'avais mal partout.

Il me fallut un bon moment pour m'asseoir. La tempête dans mon crâne semblait un peu calmée, mais j'avais le dos en compote et l'inquiétante sensation de ne plus posséder qu'un bras et demi, tant j'étais endolori.

Il n'y avait personne dans la case. Une calebasse pleine d'eau était posée près de ma couche. Je bus longuement. Merci, Marianne !

Je me levai, m'accrochant aux poteaux de la cabane, et j'allais sortir quand elle arriva, vive comme le vent.

— Tu t'en vas ?

— Il le faut bien...

Elle haussa les sourcils : les filles, ça aime savoir. Quand je lui dis que le procès de mon père aurait lieu demain et qu'il serait probablement condamné, elle resta un moment silencieuse. J'étais bien content qu'il fasse si sombre : elle ne pouvait pas voir mes larmes.

— J'ai tout raté, tu comprends ? Je voulais fouiller la maison de Thurel et voilà que des furieux y mettent le feu ! Je viens ici pour en savoir plus et je me fais lancer dehors comme un tonneau vide ! Mon père va être pendu et ce sera ma faute !

— Ils ne le pendront pas. Ils n'oseront pas ! C'est un...

Elle s'arrêta net, mais j'avais compris.

— Parce que tu crois qu'ils ne pendraient pas un Blanc ? Qu'ils ne pendraient pas le garde-magasin de la Compagnie ? On voit bien que tu ne les as pas vus : ils sont fous ! Et le plus fou de tous est l'abbé Rustique !

— L'abbé Rustique ? Il ne nous aime pas beaucoup. Le métier de mon père n'est pas très chrétien...

— Oui, mais personne ne menace de le pendre, ton père ! Et s'ils voulaient le faire, il aurait une belle bande de forbans pour le défendre !

Elle siffla de colère et commença à fouiller dans sa jupe. Je présumai qu'elle y cherchait un couteau. J'avais vu suffisamment de ces outils pour la journée.

— Ne t'énerve pas ! Je n'ai pas traité ton père de forban ! Loin de moi cette idée ! Loin de moi !

Au troisième « Loin de moi », elle daigna se calmer et posa sur le sol ce qu'elle avait si fiévreusement cherché. J'avais bien deviné : un poignard. Petit, mais méchamment pointu.

Elle murmura :

— C'est pour le travail : avec tous ces soûlards... Je te garantis qu'ils me fichent la paix : ils savent que je suis plus rapide qu'eux !

Elle me raconta qu'elle avait fendu l'oreille d'un gaillard à la main trop leste, pas plus tard qu'avant-hier. Toute la bande s'était esclaffée, le fautif était allé se laver au ruisseau et, depuis, il la saluait bien bas. J'ai dit :

— Félicitations ! Hélas, ce n'est pas un poignard, même bien aiguisé, qui pourra sauver mon père de la corde...

Elle a soupiré :

— D'accord. Qu'est-ce que tu veux savoir ?

Elle m'a fait jurer le secret : il ne faudrait jamais dire qu'elle m'avait parlé.

— Sinon, au mieux la clientèle va filer ailleurs. Et au pire...

J'imaginais aisément le pire : j'avais vu l'outillage dans le baquet. Il y avait là de quoi prendre un bateau ou attaquer la Loge. Alors, une pauvre case comme celle-ci...

Je jurai. Elle me dit ce qu'elle savait.

Les forbans étaient depuis toujours les clients les plus assoiffés de la taverne, mais ils avaient changé. Au début, il y avait surtout des pirates repentis, du genre de Yonn Pitre, d'assez braves bougres qui avaient choisi de s'installer là. Mais un naufrage, l'an dernier, avait apporté un autre genre de visiteurs : ces forbans-là n'étaient pas volontaires pour s'installer dans l'île, ils y avaient été jetés par un mauvais tour de la mer et se vengeaient sur les hommes.

— C'est une sale engeance et tu as vu le pire d'entre eux : ce Miguel, qui est la plus sale brute de la terre...

Une idée me traversa :

— Tu sais ce que cela veut dire : *Venga* ?

— Quelque chose comme « Allons-y ! » Pourquoi ?

Je lui racontai l'épisode de l'incendie.

— Tu n'as pas reconnu la voix, chez mon père ?

— C'est-à-dire... J'y ai passé si peu de temps ! Tu oublies la vitesse à laquelle je suis sorti ?

Elle rit doucement. C'était un joli rire.

— Disons que si tu avais été plus malin... Il fallait écouter avant de parler !

Je haussai les épaules. Toutes les mêmes ! Pour jouer les donneuses de leçons, elles se posent là ! Pourtant, j'avais envie d'être plus tolérant avec celle-ci qu'avec ma sœur. Allez savoir pourquoi...

— Et alors, ce Miguel ?

— Il est de plus en plus arrogant ! Depuis une dizaine de jours, c'est sans arrêt des éclats de voix, des bagarres, des soûleries à n'en plus finir... Mon père est excédé, mais que faire ? Ils paient bien, ils remboursent ce qu'ils cassent...

Sauf mes os, sans doute ! Mais je n'étais pas négociant en vinasse artisanale, moi, je n'avais pas droit au régime de faveur.

— Je ne sais pas d'où ils tirent leur argent, poursuivait Marianne. Parce qu'ils paient en piastres !

— En piastres ?

— Oui. C'est bizarre. Comme s'ils étaient tombés sur un coffre ! Les clients paient d'habitude en lapins, en volailles, en quartiers de chèvre sauvage, en tout ce qu'on veut, mais de la monnaie sonnante et trébuchante, on n'en voit guère. Or, depuis dix jours, c'est une cascade de pièces ! Tu comprends que mon père les laisse faire : il a autant économisé en dix jours qu'au cours des deux dernières années !

— Ils ne les auraient pas volées, ces piastres ?

— Cela se saurait ! On aurait vu la victime galoper dans tout le quartier en pleurant sa cassette !

Un mystère de plus. Il ne fit que s'épaissir quand Marianne ajouta :

— Maintenant que j'y pense, c'est peut-être depuis la visite...

— Quelle visite ?

— Un monsieur. Un monsieur bien mis. Je ne l'ai pas bien vu, car il est passé à pas de loup près de chez nous, à l'heure où tout est fermé. Mon père avait éteint les flambeaux et verrouillé les portes. Tout ce qui restait de la clientèle était un tas d'ivrognes qui ronflaient dehors au clair de lune. Il dormait déjà, mon père : il a des journées plutôt rudes. Moi, j'étais éveillée. Une bestiole m'avait piquée, peut-être... Et voilà que j'entends des bottes !

— Des bottes ?

Personne ou presque ne se déplace en bottes dans ce pays, sauf les riches colons, le gouverneur et quelques hauts personnages. Ce n'est pas que nous soyons pingres, mais les bonnes chaussures sont rares et les cailloux sont pointus : un pied, cela se répare plus facilement qu'un soulier.

— C'est ce qui m'a intriguée : un homme chaussé, ici ! J'ai regardé par les fentes de la porte et j'ai vu une silhouette cachée sous un manteau et un chapeau.

— Tu ne l'as pas reconnu ?

— Impossible : il baissait la tête, comme s'il voulait cacher son visage. Mais j'ai vu qu'il avait une épée au côté.

— Une épée ?

Elle me toisa d'un air excédé. Je fermai mon bec, étouffant les questions qui se bousculaient. Des bottes, une épée ? Un personnage important ! Que faisait-il ici en pleine nuit ?

— Il s'est approché des ivrognes. Il en a réveillé un ou deux, du bout du pied. Ils grognaient, tu imagines bien ! Puis j'ai entendu un tintement de métal. Je me dis que c'étaient peut-être des pièces, maintenant que j'y réfléchis. Et tout de suite, le ton a baissé. Ils ont parlé un moment à voix basse, mais je n'ai rien compris. Puis il a disparu dans la nuit.

— C'est tout ce que tu as vu ?

— Oui...

Elle réfléchit un moment. Je me gardai bien de l'interrompre, d'abord pour ne pas briser le fil de ses pensées, ensuite parce qu'elle était bien agréable à regarder, avec son petit air concentré. Soudain, elle se tourna vers moi :

— Si, il y avait autre chose. Mais je ne sais pas si le dois te le dire...

— Parle ! C'est peut-être important !

— Eh bien... Cet homme boitait légèrement.

Je sentis mon cœur se glacer : Père a été soldat, avant de devenir paisible gratte-papier dans cette colonie perdue. Il a participé à je ne sais plus quelle guerre : les rois se battent tout le temps, difficile de tenir le compte. Et au cours de cette guerre, il a récolté une balle de mousquet dans le mollet droit, qui lui fait toujours traîner la jambe les jours de mauvais temps.

Je suis reparti dans la nuit. Mes blessures me faisaient moins mal que cette pensée sournoise : l'homme qui était venu traiter je ne sais quelle sombre affaire avec ces ivrognes était-il Père ? Des piastres, il devait y en avoir, dans le gros coffre-fort de la Loge ! Et qui pouvait disposer de la clé ? À part lui, peu de monde...

Si j'étais logique, je devais reconnaître que si quelques autres hommes boitaient également dans cette colonie – vieilles blessures ou rhumatismes – un seul d'entre eux portait l'épée. Mais on n'est pas logique, quand son père est en cause. Qui aurait-il eu pour le soutenir, si je m'étais mis moi aussi à l'imaginer coupable ?

Je suis repassé du côté de la Loge, mais la situation ne s'était pas arrangée. Ils avaient planté des torches dans le sol et deux gardes étaient assis sur les rochers, ne quittant pas Père des yeux. Un peu exagéré, compte tenu de l'épaisseur des chaînes, mais l'abbé Rustique avait dû exiger cette mise en scène : plus le suspect est surveillé, plus le procès sera grandiose !

Je lui ai envoyé une pensée muette. Il a tourné les yeux dans ma direction, comme s'il avait senti ma présence. Je me suis dit qu'il ne fallait pas douter de lui. Mon père ne pouvait pas être un assassin.

Tout était fermé à la maison. Je n'ai pas voulu réveiller ma mère. Je me suis glissé dans la case qui nous sert de cuisine. Quelques braises rougeoyaient encore dans le foyer. J'ai fait griller un épi de maïs, puis j'ai essayé de dormir. Aux premières lueurs de l'aube, j'ai posé mon trognon de maïs devant la porte – Mère devinerait que j'étais passé – et je suis parti. Il fallait faire vite...

J'ai trotté jusque chez Yonn Pitre, prudemment, en faisant bien attention de ne pas me faire voir.

Il était devant chez lui, à fendre du bois avec son sabre. À voir comme il le maniait, j'ai pensé qu'il devait fendre ses ennemis de la même manière, au bon vieux temps.

Il a eu une grimace gênée en me voyant :

— 'Scouse : hier...

— Je sais : Manuel !

— Toi sais ?

— Je l'ai rencontré...

Je lui ai montré mes bleus. Il a rigolé, mais j'ai bien vu qu'il me regardait avec un certain respect.

Je lui ai tout dit : ma si brève enquête, Marianne, les piastres... Je lui ai même décrit l'homme de la nuit.

— Piastres ? Trop beaucoup d'argent. Pas normal...

— Je le sais bien, que ce n'est pas normal ! Mais franchement, je ne me vois pas en train d'aller questionner ce bon vieux Manuel ! Il va m'ouvrir en deux ! Tu pourrais pas y aller, toi ? T'es grand, t'es fort...

Yonn a hoché la tête.

— Manuel : dix, quinze hommes ! Pas possible !

Il avait l'air sincèrement désolé. Un bon gros ours secouant sa bonne grosse tête lourde avec de grands yeux tristes. Je l'aurais mordu de rage.

— Il n'y a qu'à l'attirer loin de sa bande ! Qu'est-ce qu'on pourrait trouver pour l'appâter ?

— De l'or, des femmes et de la vantardise, comme pour tous les hommes !

À votre avis, qui pouvait me sortir ce genre de réponse, de sa petite voix aigrelette ?

Mademoiselle « Je sais tout » nous a toisés du bas en haut, nous autres les sans cervelle. Puis elle a énuméré, en comptant sur ses doigts :

— De l'or, il en a. Plus qu'il n'en faut, si j'ai bien entendu ! Donc il a aussi des femmes. Enfin, des femmes de mauvaise vie... Ne reste que la vantardise.

On aurait cru Rustique dans ses jours de grands prêches : le nez pincé, le ton péremptoire... Je plains le pauvre gars qui tombera dans ses griffes, quand elle aura l'âge. Mais je suis impatient de faire sa connaissance ; avec un peu de chance, ce sera un navigateur au long cours qui l'emmènera au bout du monde ! Même Yonn Pitre, qui pourtant ne comprend pas tout, levait des yeux excédés. Mais croyez-vous que cela la faisait taire ?

— Tous les hommes sont des vantards, c'est bien connu !

Parce que les filles sont modestes, peut-être ? J'étouffai les sarcasmes qui me montaient à la bouche : ouvrir son bec, c'était le meilleur moyen de se voir infliger double dose...

Elle causa toute seule pendant un moment, marchant de long en large, puis elle m'interpella soudain :

— Toi, par exemple ! Qu'est-ce qui te ferait vraiment plaisir, si tu étais couvert de piastres ?

— Tu veux dire : qu'est-ce que les piastres ne peuvent pas acheter ?

Elle m'a fixé avec dans le regard quelque chose qui ressemblait à une étincelle de respect. J'ai poursuivi :

— L'argent, par exemple, ça n'achète pas les bonnes manières !

L'étincelle a disparu. Anne-Laure a reniflé avec mépris :

— Tu veux peut-être lui proposer des cours de maintien, à ton étrangleur ?

— Les piastres, ça n'achète pas non plus la vraie amitié. Je veux dire : autre chose que l'amitié de taverne, qui s'assèche quand les pots sont vides. Ça n'achète pas le véritable amour non plus...

Elle a hoché la tête. J'ai même cru qu'elle allait me sourire.

— Pas bête... Tu vois, quand tu veux ! Hé, Yonn !

Je n'avais jamais vu un pirate sursauter. J'ai cru sentir le sol trembler. Impressionnant.

Quand les gros yeux bleus se furent fixés sur elle, Anne-Laure martela :

— Écoute-moi bien : il rêve d'amour, ton Manuel ?

Yonn haussa les épaules.

— Pas raconter sa vie !

— Oui, mais tu ne l'as jamais vu en train de songer, de penser à autre chose ? Tu vois : comme ça !

Elle prit une pose, genre hébété, puis m'adressa une grimace :

— C'est exactement la tête que tu faisais hier quand tu as vu passer la fille Gousier !

Un jour, j'étriperai ma sœur, et tous ceux qui la connaissent me pardonneront.

Yonn émit un grognement :

— Toi drôle, moustique ! Encore grimace ?

Non, elle ne voulait pas. Alors il se prit le front dans les mains, médita un moment, puis lâcha :

— Marianne !

Yonn s'est expliqué : tous les familiers de la taverne d'Alcindor la guignaient comme si elle avait été la saucisse en haut du mât de cocagne, mais aucun n'était jamais parvenu à l'émouvoir. Au contraire : plus ils lui tournaient leurs compliments, plus elle devenait sévère.

— Semaine dernière : coup de couteau à matelot chanteur ! Jolie chanson, pourtant !

Je pouvais confirmer : j'avais vu l'outil.

— T'as qu'à aller lui causer, suggéra Anne-Laure.

— Moi ?

Une cascade d'épouvante vint me ramollir les jambes.

— Ben oui : t'es un garçon, elle est une fille, tu lui feras du charme...

— Et je vais me retrouver avec une oreille en moins ! Tu te rends compte de ce que tu me demandes de lui proposer ? Qu'elle fasse les yeux doux à ce sauvage ? Elle m'égorgera avant la fin de ma première phrase !

— Bon, soupira-t-elle, il faudra donc que j'y aille moi-même... Quels poltrons, ces hommes !

Je me forçai à respirer calmement pendant une seconde ou deux, puis je lâchai :

— Toi, à la taverne ?

— Et alors ? Je dirai que je viens chercher un pichet de « Velours de la duchesse » pour maman !

Je ne cherchai pas à savoir comment elle avait entendu parler du « Velours de la duchesse » : cette peste a des oreilles partout. Mais l'allusion à notre mère me rappela à un minimum de devoir familial.

— Au fait, comment elle va ?

— Pas de problème ! Les trois sangsues sont en train de l'assiéger : ça l'occupe, et pendant ce temps, elle oubliera de pleurnicher pour autre chose...

Parfois, je me demande si ma sœur a une âme.

Elle est partie vers la taverne, suivie de loin par Yonn. Je commençais à lui trouver un air benêt, à celui-là : il rigolait tout seul en répétant « Moustique, moustique... ».

Moi, je suis reparti vers le bas de la ville : c'était l'heure de la messe.

Il y avait foule. Des gens étaient venus de très loin, leurs souliers attachés autour du cou par les lacets. Arrivés devant la chapelle, ils essayaient à grands efforts d'introduire leurs pieds dans le cuir raidi, qui datait parfois de leurs parents, puis ils entraient en clopinant, martyrisés mais fiers. Elle a un peu raison, Anne-Laure : que ne ferait-on pas pour avoir l'air plus chic ou plus malin que les autres !

Je restai tout au fond, pour ne pas être trop vu, mais les gens se sont retournés pendant toute la cérémonie pour me dévisager. Je dois reconnaître que la plupart des regards étaient pleins de pitié. Pourquoi est-ce qu'ils ne criaient pas que mon père était innocent, s'ils nous aimaient tant ? Bande de moutons !

Le père Rustique a bouclé l'office au triple galop : il était trop impatient d'attaquer la suite. À la fin, il a même interrompu la chorale au milieu de ses couinements, a tracé un rapide signe de croix et nous a souhaité d'aller en paix. Personne n'est parti, bien sûr : pas au moment où cela commençait à devenir intéressant !

Rustique a enlevé sa chasuble, tandis qu'un enfant de chœur disposait trois chaises côte à côte devant l'autel. Le gouverneur et Gousier sont venus s'asseoir à ses côtés, avec des figures d'enterrement. Ils n'avaient donc pas osé nommer Groots juge, mais cela ne changeait pas grand-chose.

Le gouverneur avait un papier, qu'il lut d'une voix monocorde :

— Je déclare ouvert le procès du sieur Charles PaixdeCœur, pour avoir brutalement et traîtreusement occis Wunderbelt Thurel, navigateur batave retiré en cette île...

Ils ne manquaient pas d'audace ! Encore un peu et l'Éventreur allait avoir sa statue ! « Navigateur batave » ! Brute épaisse, oui !

— Afin de rendre le débat équitable, poursuivait le gouverneur, nous avons nommé, par la haute et divine autorité que nous confère le roi Louis en cette île, un procureur et un avocat. Le procureur est Jocastre Riboux, honorable négociant en cette cité...

Riboux ? Un des pires trafiquants qui soient ! Son beurre était allongé à l'eau, ses œufs marchaient quasiment tout seuls tellement ils étaient vieux et les chemises qu'il vendait s'ouvraient dans le dos dès que vous croisiez les bras ! Mon père s'était plus d'une fois heurté à lui, pour des histoires de tricheries sur les poids. Il n'allait pas être tendre, c'était sûr !

— Quant à l'avocat, c'est un voisin et ami du prévenu, qui le connaît et qui saura trouver les arguments pour adoucir la sentence. J'ai nommé le sire de Badménil !

Entre un filou qui devait déjà savourer sa vengeance et un fripon qui convoitait sa femme, il était mal parti, mon père...

Les deux préposés se sont plantés de chaque côté des juges, l'un à droite, l'autre à gauche, en se donnant des airs importants. Puis les gardes ont fait entrer Père.

Il avait l'air vieux. La nuit passée dehors sous les fers, peut-être. Ou bien était-ce le sentiment que cette île le laissait accuser sans rien dire ? En remontant l'allée, il a fixé quelques amis. Certains baissaient la tête, gênés, d'autres lui adressaient des sourires rassurants. Puis il m'a vu. Il s'est arrêté devant moi, il a tendu ses poignets alourdis de fers et m'a caressé le front, sans rien dire. Et moi, comme un idiot, j'ai senti son image se brouiller...

Le temps que je m'essuie les yeux, il était déjà là-bas, devant les trois chaises. Le gouverneur, à nouveau indécis maintenant qu'il n'avait plus rien à lire, commençait à bredouiller une phrase indistincte, mais l'abbé Rustique le coupa, tendant un doigt impérieux :

— À genoux devant tes juges, PaixdeCœur !

Père haussa les épaules :

— Je n'ai tué personne. Il n'est pas question que je m'humilie. D'ailleurs, cette mascarade a assez duré !

— Très bien, répliqua Rustique d'une voix doucereuse : tu aggraves ton cas ! Car si ce n'est toi qui as tué cet homme, peux-tu nous expliquer ce que ton sabre faisait dans son dos ? Nieras-tu l'avoir reçu, la veille de sa mort ? Nieras-tu t'être disputé avec lui ? Nous avons des témoins !

Les gens commencèrent à murmurer : si le garde-magasin fricotait avec ce forban, bien sûr, beaucoup de mystères s'expliquaient !

Père haussa les épaules :

— Oui, il était venu me voir. Il voulait se plaindre de je ne sais quelle querelle avec ses congénères. Je me suis fâché : j'en ai assez des mauvais agissements de toute cette racaille ! Je le lui ai dit. Oui, je le reconnais, il n'était pas content. Il a tempêté, je ne me suis pas laissé faire. Mais je ne l'ai pas tué. Je lui ai dit d'aller vous voir, monsieur le gouverneur. Il n'est pas passé à la Loge ?

— Pas que je sache. Mais le lendemain ?

— Je ne sais pas. Je l'ai trouvé là en arrivant, avec mon sabre dans le dos...

Jocastre Riboux s'élança et beugla, de sa voix de camelot :

— Ne l'avez-vous pas trouvé debout, encore en colère et vous tournant le dos ? Et n'avez-vous pas pensé que votre sabre serait très bien au milieu de ce dos ? Ce n'était qu'un forban, n'est-ce pas ? Un pauvre, un moins que rien ! Un malheureux que vous n'aviez pas voulu écouter la veille et qui revenait vous importuner, vous l'homme important ! Alors, vous avez décidé de l'effacer de votre vie !

Abrégeons : les trois juges avaient déjà leur idée, le procureur était un vautour et l'avocat un imbécile. Le sire de Badménil a juste balbutié :

— Pardonnez-lui...

Rien d'étonnant donc à ce que Père ait été condamné à mort !

Je suis parti en courant, avant que les faux amis, ces figures molles, viennent m'assiéger de leur pitié. Et pour une fois je n'ai pas eu honte de mes larmes quand je suis arrivé chez Yonn Pitre et que je l'ai trouvé avec Anne-Laure et Marianne.

Cette dernière m'a regardé et a murmuré :

— Je m'y attendais...

Bon, si ça se voyait autant sur ma figure... Elle a ajouté, avec un demi-sourire :

— Je suis d'accord pour essayer de faire parler Manuel.

Comme je la fixais avec de grands yeux, elle a tout de suite ajouté :

— Je ne le fais pas pour toi ! Je le fais pour ta sœur ! Tu as bien de la chance d'avoir une telle sœur !

J'ai préféré ne pas répondre. Il y a des moments où le sage doit savoir se taire.

— J'essaierai de l'attirer dans un coin ce soir. Mais attention, qu'on ne me demande pas de tomber dans ses bras !

— Loin de moi cette pensée, ai-je balbutié.

Elle m'a foudroyé du regard.

— Silence ! Je sais bien que c'est toi qui a eu cette idée !

Visiblement, ce n'était pas le moment de me faire bassiner le front à l'eau fraîche. J'ai grommelé un remerciement et je suis parti. J'avais à faire, moi aussi.

Je me suis glissé du côté de la chapelle. Que Dieu me pardonne, mais j'étais de plus en plus convaincu que l'abbé Rustique était plus borné que méchant : si je parvenais à faire pénétrer une pincée de doute dans cette cervelle fermée, peut-être gagnerais-je un peu de temps ?

La porte de la cure était fermée. Je tambourinai du poing.

— Qui ose ?

— Bastien ! Je veux vous parler !

— Va au diable !

Je tambourinai encore.

— La peste soit de l'importun ! Laisse-moi dormir !

— Mon père, je mènerai tapage jusqu'à ce que vous m'écoutiez !

Le panneau s'ouvrit brutalement.

— Que veux-tu, fils d'assassin ? Qu'on t'enchaîne avec ton père ? On ne dérange pas un juge...

La suite de sa phrase se perdit dans un balbutiement. Je le regardai de plus près : il avait les yeux rouges et son haleine aurait étourdi un bœuf.

— Vous avez bu, mon père ?

Il hoqueta :

— Et alors ? J'ai fait mon devoir ! Laisse-moi en paix avec ma conscience !

Il ne sentait pas la vinasse ordinaire. J'entrai dans la cabane. Sur le sol, près de sa couchette, gisait un flacon en terre cuite. Je reniflai. Vide, mais c'était du bon : de l'alcool d'Europe, une denrée aussi rare que les piastres de la Compagnie. L'abbé Rustique s'était écroulé sur une chaise, dodelinant de la tête, les yeux fermés.

Je lui braillai dans les oreilles :

— Qui vous a donné cet alcool ?

— De la prune, articula-t-il. De l'excellente prune !

Son crâne plongeait en avant.

— Dormir...

Je le secouai :

— Qui ?

Il entrouvrit les yeux, essayant de me fixer :

— Toi... C'est toi, Bastien ? Tu as bien appris ton latin ? Peux pas te faire réciter aujourd'hui. Peux pas...

— Oubliez le latin ! Qui vous a donné cette bouteille ?

J'agitai le flacon vide devant son nez. Je le lui aurais fracassé sur le front si j'avais pensé que cela pouvait aider : j'avais perdu tout respect et toute crainte.

Il le sentit peut-être car quelque chose qui ressemblait à de la peur passa dans son regard et il murmura :

— Groots...

Groots ? Je n'y comprenais plus rien.

— Pourquoi ?

Mais il n'y avait plus rien à en tirer. Une fiole de prune, c'était plus d'alcool que ce qu'un colon moyen buvait en une semaine. Surtout, c'était de la meilleure qualité, qui vous montait plus vite à la tête. Je traînai l'abbé Rustique sur son lit. Je ne sais pas ce qu'il imagina, dans son délire, mais il se mit à pépier :

— À l'assassin ! À l'assassin !

Sa voix ne portait pas plus que le cri d'une souris : pas de risque qu'elle alerte qui que ce soit. Je sortis tranquillement et fermai la porte derrière moi.

Groots... Que venait-il faire dans cette affaire ? Et surtout : comment un Groots pouvait-il posséder un flacon de prune qui valait presque autant qu'un cochon gras ?

Nous n'étions qu'en début d'après-midi, heure où les bons colons font la sieste. J'étais impatient d'être au soir, afin d'espionner les confidences de Manuel, mais nul n'a jamais pu accélérer la course du soleil. Il ne servait à rien de trépigner sur place. Je remontai vers la maison : il était peut-être temps de prendre des nouvelles de ma mère.

Je l'entendis à deux cents pas, qui hululait comme une furie. L'objet de sa rogne était le sire de Badménil, lequel, malgré son embonpoint, était grimpé jusqu'à la fourche d'un arbre. Elle était en bas, tournant tel un fauve avec sa hache.

— Ah, vous n'avez rien pu dire pour défendre mon mari ! Vous ne vous êtes même pas rendu compte qu'il était un des plus honnêtes hommes du pays ! Plus honnête que vous, en tout cas !

L'autre, là-haut, gémissait :

— Mais si, je vous assure, Hélène ! J'ai fait de mon mieux ! Mais ils ne voulaient pas m'entendre !

— Il fallait crier plus fort ! Mais vous allez crier, maintenant, je vous le dis !

Un coup de hache dans le tronc, bien assené ma foi : pour une faible femme, Mère se débrouillait. Le sire jappa comme si le fer avait fendu sa jambe. Là-bas, à bonne distance, les deux autres se tordaient de rire.

— Allez-y, Hélène, il l'a bien mérité ! criait Anselme.

— Je vous aurais défendue bien mieux que lui ! crachotait le vieil Augustave. Une belle femme comme vous...

Elle pivota brusquement vers eux. Ils reculèrent de dix pas en marmonnant des excuses. Je repartis sans me faire voir. Anne-Laure avait raison : elle était en pleine forme et elle avait de quoi se changer les idées...

Je passai le reste de l'après-midi au sommet d'une colline qui domine la ville. En plissant les yeux, je pouvais voir Père enchaîné à son rocher. Il était assis, les genoux dans les bras. Il ne bougeait pas. Il attendait.

Enfin vint la nuit. Marianne siffla de rage quand j'apparus près de sa maison :

— Espèce d'idiot ! Nous t'avons cherché partout ! Ta sœur se faisait du souci !

C'était la nouvelle la plus étonnante de la journée.

— Et cache-toi ! Si mon père te voit, il va te briser son bâton sur les reins ! Et si c'est Manuel, il te hache menu !

J'avais imaginé de la douceur chez cette fille ? Une hallucination, sans doute, due à la correction que j'avais reçue. Ou alors, elle me préférait endormi. Ou absent. Je soupirai : décidément, je ne savais guère m'y prendre avec les représentantes du beau sexe. Soupir intérieur, je précise : je n'avais aucune envie, en manifestant tout haut mes désillusions, de subir encore une bordée de sarcasmes.

Elle me dissimula en ronchonnant derrière un tas de bois sec, marmottant qu'il y avait des gens qui ne méritaient pas qu'on se coupe en quatre pour eux, que certains n'ont pas plus de cervelle qu'un bigorneau et qu'il y a des matins où l'on ferait mieux de ne pas se réveiller. Sous ce flot de reproches, je fis la bûche : je commençais à avoir l'habitude.

Bûche je suis devenu : des heures avaient passé et j'avais le corps aussi raide que le bois qui m'entourait quand soudain j'entendis des murmures. Quelle heure était-il ? Tard, très tard : la sarabande habituelle de la taverne battait son plein à l'autre bout de la clairière, et la lune était haute.

— Qu'est-ce que tu veux ?

La voix de Manuel était méfiante. Je l'imaginais scrutant la nuit, craignant une embuscade.

— Parler avec toi, répondit Marianne.

Sa voix était du velours, quand elle voulait. Mais jamais elle ne me parlerait sur ce ton. Sauf si elle me voyait mourant, peut-être...

— Tu n'as donc pas peur de moi ?

Maintenant, Manuel jouait les matamores.

— Tu ne me ferais pas de mal, Manuel ? Pas à moi...

Un ronronnement ! J'en bouillais de rage. L'autre brute répondit :

— Je te ferai tout le bien que tu veux, *querida* !

— Fi donc ! Tu m'offrirais une robe ? Une bague ? Un collier ?

Il répondit oui à tout, avec une fièvre croissante.

— Pas touche ! Tu me donnerais une maison ?

— Pour habiter avec toi, *mi amor* ? Pas une maison : un château !

Je commençais à m'impatienter : quand est-ce qu'elle arriverait aux piastres ? Je l'entendis minauder :

— Un château, ce n'est pas nécessaire. Mais une maison solide... Tiens, comme celle du garde-magasin !

Manuel éclata de rire :

— Cet imbécile ? Sa cabane sera bientôt vide ! Tu l'auras !

— Tout de même, c'est bizarre : un homme de cette condition qui assassine un de tes amis...

— Thurel n'était pas un ami !

Je sentis la violence dans la voix de Manuel. Ce gars-là était aussi dangereux qu'un tonneau de poudre. Et je ne faisais pas le poids s'il voulait s'attaquer à Marianne... Heureusement, elle répliqua très vite :

— Pas un ami, d'accord ! Mais c'était un client de mon père. Et tu sais que mon père n'aime pas que des sabres se perdent n'importe où...

Manuel rugit de rire.

— Un sabre perdu ! Tu as de l'esprit, *querida* ! Je t'adore !

Elle gloussa :

— Enfin, il n'a pas été perdu pour tout le monde !

— Et comment ! se vanta Manuel. Ce sabre, il tue deux personnes d'un coup ! Deux moutons, par-dessus le marché ! Bêê, bêê ! Et pendant ce temps, que fait le loup ?

Le bruit d'une tape...

— Il ne touche pas la bergère !

Grondement.

— Et il ne grogne pas ! Sinon il n'aura pas son baiser !

— *Uno beso* ? Dans mes bras !

— Demain ! Quand tu apporteras la bague !

— Promis ?

— Promis...

J'attendis qu'elle vienne me chercher : je ne voulais pas compromettre notre petit stratagème en me montrant trop tôt. Elle frissonnait.

— Tu te rends compte de ce que tu me fais faire ?

— Je reconnais qu'il est très dangereux : il ne faut pas recommencer.

— Surtout, il faut l'empêcher de nuire d'ici demain !

Sinon, il ne serait pas content de voir que la belle n'était pas au rendez-vous, le Manuel ! Et ce n'était pas le genre à demander poliment ce qu'on lui refusait. Encore un problème... Je me retins de soupirer : cela aurait peut-être été mal interprété.

— En tout cas, dis-je, tu as obtenu quelque chose ! Bravo !

— Mais il ne m'a rien dit !

— Mais si ! Il s'est réjoui que le sabre de mon père tue deux personnes d'un coup ! Deux « moutons » : deux innocents ! Le premier est Thurel. D'accord, ce n'était pas un garçon très angélique, mais Manuel confirme qu'il a été assassiné. Quant au second innocent, évidemment, c'est mon père !

Une joie énorme me gonflait la poitrine. J'aurais chanté si je n'avais pas eu peur d'attirer l'attention.

— Parce que tu doutais de l'innocence de ton père ?

Il faut toujours qu'elles aillent chercher la petite bête.

— Non ! Mais cela fait plaisir de voir que ce que je pensais est confirmé par un des acteurs du complot ! Car il y a eu complot, crois-moi ! Cet homme qui est venu dans la nuit, c'est sans doute lui qui est à l'origine de cette sale histoire. Les piastres, l'agitation de la bande à Manuel, la mort de Thurel, le sabre, l'accusation contre mon père et, tout à l'heure, ce flacon d'eau-de-vie qui arrive miraculeusement chez l'abbé Rustique... Tout cela fait partie d'un plan. Mais quel est le but ?

— Je ne sais pas. Il y a des gens qui disent que maintenant que ton père est condamné, il n'y a plus beaucoup d'honnêtes hommes à la tête de la colonie...

— Ils disent ça ? C'est vrai ?

Elle me toisa :

— Est-ce que j'ai l'air de mentir ?

Je ne répondis pas. Mais pour la remercier, et parce que l'allégresse me gonflait le cœur, je l'embrassai rapidement.

Ce n'est que sur le sentier de la maison que je me rendis compte qu'elle ne m'avait pas giflé.

Je suis passé par la cure, mais des ronflements sonores s'entendaient à vingt pas : apparemment, l'effet de la petite prune n'était pas estompé. Alors, je suis allé voir ma mère.

Elle ne dormait pas. Comment aurait-elle pu ? Elle entrouvrit la porte dès qu'elle entendit mes pas.

— Je me suis fait du souci, mais ta sœur m'a rassurée. Elle m'a dit que tu étais à la recherche de la vérité.

Elle avait plutôt dit qu'elle m'avait envoyé en mission, telle que je la connais ! Je jetai un coup d'œil vers la paillasse où Anne-Laure dormait à poings fermés : ouf, je ne l'aurais pas dans mes jambes.

— Et alors, poursuivit ma mère : tu as trouvé quelque chose ?

Je lui résumai ce que j'avais appris : il y avait un genre de complot, apparemment organisé par l'inconnu à l'épée ; Thurel n'avait pas été assassiné dans le bureau, mais avait été vraisemblablement transporté là, mort ou mourant...

— Ce qui voudrait dire qu'il n'a peut-être pas été tué par le sabre ?

— Probablement pas. J'avais déjà remarqué que la plaie n'avait guère saigné. C'est probablement une mise en scène.

Mais cela ne nous avançait pas : l'Éventreur était à six pieds sous terre et personne ne pourrait jamais l'examiner de près pour savoir de quoi il avait vraiment péri...

— Eh bien, soupira Mère, il ne reste plus que ce Manuel ! Comment t'y es-tu pris pour le faire parler ?

Je savais qu'elle ne serait pas trop satisfaite de ma méthode, mais je ne pouvais tout de même pas rejeter toute la faute sur Anne-Laure. Je racontai la dangereuse mission que j'avais fixée à Marianne et ses résultats. Je ne parlai évidemment pas du baiser volé.

— Elle a du courage, cette petite, commenta-t-elle. Dommage qu'il soit trop tard...

Je m'insurgeai :

— Mais demain, nous pourrons en savoir plus ! Marianne arrivera bien à tromper encore ce sauvage ! Il parlera ! Et s'il la touche...

J'allais décrire une invraisemblable scène où Manuel, effrayé par mon juste courroux, tombait genou à terre et implorait mon pardon, mais Mère posa sa main sur mon bras.

— Ne te fatigue pas pour rien : ils ont décidé de pendre ton père demain à l'aube. Je ne voulais pas te le dire, mais...

Elle avait les yeux secs, elle essayait de faire bonne figure.

— Maman, ils ne peuvent pas !

— Mais si : il y a eu jugement. Je ne sais pas pourquoi ils sont si pressés. C'est l'abbé Rustique qui pousse le gouverneur...

— L'abbé ? Mais il est ivre mort !

Je rapportai ma visite.

— De l'eau-de-vie ? Apportée par Groots ? Tu m'as bien dit que c'était lui qui était arrivé le premier, hier matin ?

— Il fonçait comme un taureau dans le sentier, avec sa hallebarde...

Je m'arrêtai net : il fonçait comme s'il savait ! Et cet après-midi, il était venu noyer le curé dans l'alcool, comme s'il avait voulu l'empêcher de réfléchir !

— Qui dirige Groots ? Il faut le savoir !

— Et comment espères-tu le faire parler, mon pauvre petit ? Ces gens-là ont l'habitude du silence. Il se ferait hacher sur place plutôt que de révéler un secret ! Et même si tu voulais, tu n'es guère de taille à le hacher...

Partout où je me tournais, il y avait un mur : Manuel et Groots, deux forces de la nature habituées à la violence, l'abbé Rustique qui ne se réveillerait peut-être qu'après la pendaison, le gouverneur qui ne m'écouterait pas, Gousier...

— Je sors ! J'ai une idée !

— Tu tombes de sommeil, mon fils. Repose-toi plutôt. Qu'est-ce que tu peux faire ?

— Je ne peux pas te le dire. Je ne veux pas te donner de faux espoir...

Elle sourit tristement.

— De l'espoir ? Il se fait un peu rare, ces jours-ci. Mais tu ne partiras pas sans avoir mangé !

Ainsi sont les mamans...

Yonn Pitre ne dormait pas non plus. Sa porte était ouverte et il était assis dehors sur un tronc d'arbre, sa silhouette paraissant encore plus massive à la lueur de la lune.

— Père toi bon homme, me dit-il en me voyant arriver. Moi regretter...

Je coupai court à ses épanchements : Père n'était pas encore mort et s'il ne tenait qu'à nous...

Il me fallut une bonne demi-heure pour lui expliquer mon plan. Ce n'est pas qu'il soit bête, Pitre, mais je ne pouvais pas me permettre la moindre erreur. Quand il eut répété pour la cinquième fois ce que j'attendais de lui, quand nous eûmes préparé les accessoires dont nous avions besoin, je redescendis à la maison. J'entrai, je dis à ma mère de m'éveiller avant l'aube, ainsi qu'Anne-Laure, puis je m'écroulai net, sans même entendre ce qu'elle me répondait.

L'odeur du pain réchauffé sur la braise m'éveilla. Anne-Laure était déjà assise sur son lit et me regardait avec curiosité.

— Tout à l'heure ! lui grommelai-je. Je t'expliquerai.

Je jetai un regard entendu vers notre mère, qui s'occupait des poules dehors comme si nous étions un jour ordinaire. Anne-Laure me répondit par un clin d'œil : compris, il ne faut pas qu'elle entende. Il faut le reconnaître, elle saisit vite.

J'entonnai ma tranche de pain assortie de viande boucanée et je sortis, suivi de la petite. Le ciel était à peine moins noir que la mer, mais le jour se lève vite, ici : il n'y avait pas une minute à perdre.

En chemin, j'exposai mon plan à Anne-Laure, pas trop fort parce qu'il peut toujours y avoir une oreille indiscrète. Quand j'eus terminé, elle bondit en travers de mon chemin et s'accrocha à ma chemise.

— Tu vas oser faire ça ? Toi ?

— Oui !

Je n'étais pas très sûr de moi, mais puisqu'elle le demandait...

— Eh bien ! Je ne te pensais pas aussi courageux ! Tu as réfléchi à toutes les conséquences ?

Franchement : non. Valait mieux pas. Et puis, tant pis pour les conséquences : la vie de Père était en jeu.

Elle me fixa encore sous le nez pendant un instant puis émit une espèce de grimace admirative.

— Ben dis donc...

Yonn était fin prêt. Il avait le sac, les cordes, et arborait un large sourire. Je pense qu'il retrouvait avec joie ses émotions de pirate. Car nous partions à l'abordage. Et quel abordage !

Nous nous sommes postés près de la source, tout en haut de la ville, et nous avons attendu, dissimulés dans les buissons, Yonn et moi. Anne-Laure était assise au bord de l'eau, les pieds dans la boue.

Nous avions une chance sur deux : la triste cérémonie de ce matin allait-elle changer les habitudes ? Je connaissais l'endroit pour y être plus d'une fois allé espionner des chevilles fines et un corps cambré sous le poids de la cruche. Pour un peu, j'aurais retrouvé mon odeur imprégnée dans les fougères derrière le rocher...

Nous avons attendu. C'est long, l'attente, on a l'impression que le soleil ne va jamais se lever, que les premiers oiseaux ont oublié de siffler, que la mer va rester d'un gris de plomb... Mais l'orient s'enflamma et, presque simultanément, je vis ma sœur s'agiter. Le rituel avait donc lieu, ce matin comme tous les autres...

La belle Isabelle arriva en chantonnant, sa cruche vide sur l'épaule. Mais aujourd'hui, Gousier père attendrait son eau !

Elle se tut en découvrant Anne-Laure prostrée au bord de l'eau.

— Qu'est-ce que tu fais là ?

Comme prévu, Anne-Laure éclata en sanglots. Je ne sais pas si c'était le soulagement de voir Isabelle arriver comme prévu ou l'angoisse de voir notre plan rater, en tout cas elle braillait bien fort. C'était parfait.

Isabelle se pencha. Nous approchâmes à pas de loup, Yonn et moi. Je vis le dos et la nuque de la fille Gousier tout près de moi, à les toucher. Elle avait fait une natte, mais des cheveux fous s'évadaient sur son épaule, qui frémissaient dans la brise.

— Tu as un gros chagrin ? Comme je te comprends...

Si nous attendions trop, nous n'aurions pas le courage. Je fis un signe à Yonn...

Le sac de toile recouvrit la chevelure d'or. Isabelle sursauta, laissa tomber sa cruche, qui explosa sur le sol. Elle voulut crier, mais il était trop tard : la main de Yonn lui plaquait le tissu sur la bouche, tandis que de l'autre bras, il essayait de ficeler la silhouette gigotante. Je dois avouer que je lui ai donné un coup de main : malgré ses ruades, nous l'avons couchée par terre et emballée comme un saucisson. Anne-Laure regardait, partagée entre l'horreur et une sérieuse envie de rire. Devinez ce qui l'emporta, à la fin ?

Quand Isabelle a été tel le ver à soie dans son cocon, Yonn l'a jetée sur son épaule comme si elle ne pesait rien et s'est mis en route vers les collines. Moi, j'ai sorti de ma poche un morceau de charbon de bois et une feuille de papier : finalement, c'est utile d'avoir appris à écrire.

— Ils vont reconnaître ton écriture ! remarqua Anne-Laure.

— Et alors ? Puisque nous sommes une famille de criminels. Un peu plus, un peu moins...

Elle redressa la tête. Je me demande si elle n'était pas fière de faire partie des hors-la-loi...

Je laissai le papier sous les débris de cruche. J'y avais écrit : « *GOUSIER, SI CHARLES PAIXDECŒUR EST PENDU, TA FILLE PÉRIRA.* »

D'ici une heure, nous allions avoir tous les arquebusiers de la colonie sur le dos, y compris quelques colons honnêtes qui adoreraient faire la chasse aux ravisseurs. Dans ce genre de situation, les gens aiment tirer à vue. Comme on le voit, les choses s'arrangeaient...

J'ai vu toute la suite, depuis le sommet de mon rocher préféré. Une petite foule s'était rassemblée autour du gibet, près de la Loge. Peu de monde cependant et surtout peu de gens bien : la cérémonie n'était donc guère populaire. Le gouverneur était là et, malgré la distance, il avait l'air aussi perdu que d'habitude. Il regardait le plus souvent la mer : espérait-il voir apparaître une voile qui le libérerait de son calvaire ? L'abbé Rustique arriva quelque temps après, front penché vers le sol et la démarche incertaine. Il avait l'air d'humeur infernale. J'espérais qu'il avait bien mal au crâne.

Gousier manquait, ce qui fait que tout le monde observait mon père avec un certain embarras. Il était toujours enchaîné à son rocher, à quelques pas du gibet : il n'aurait pas grand chemin à parcourir… Je devinais les pensées de quelques-uns, en bas :

vite, se débarrasser de la pénible corvée et passer à autre chose. Comme si on pouvait se débarrasser d'un si terrible souvenir : avoir fait pendre un homme !

Mais l'homme ne serait pas pendu, pas tout de suite : j'ai vu Gousier qui arrivait à grands pas. Il criait si fort que j'entendais ses éclats de voix. Il avait mon papier à la main.

Je n'attendis pas la suite : ils allaient envoyer des gardes chez nous, dès que l'agitation serait passée. Je cours plus vite que n'importe quel garde ; aussi, quelques minutes plus tard, j'arrivais haletant devant la maison. Mère était plantée dehors, le regard vers la mer. Elle ne pouvait rien voir depuis ici, mais tout son être était tendu vers ce qui se passait là-bas...

— Viens vite !

Elle écarquilla les yeux.

— Viens, te dis-je ! Laisse tout ! Il n'est pas pendu ! Cours !

Elle se mit à galoper en riant comme une gamine. Quand les gardes arrivèrent, nous étions loin.

La grotte choisie par Yonn était dans les gorges de la rivière, à une demi-heure de marche. Sa bouche noire et basse s'ouvrait à plusieurs mètres au-dessus du sol : comment avait-il réussi à grimper jusque là-haut ?

Je sifflai doucement. Une tête prudente apparut au bord du rocher.

— Mère toi ? Comment grimper ?

— Je saurai, monsieur ! Lancez-moi la corde et vous verrez !

De fait, elle a escaladé ce bout de falaise aussi vite que moi, en gloussant toute seule. Quand elle a découvert, au fond de ce trou noir, Anne-Laure qui causait doucement à un sac d'où dépassaient deux chevilles, elle s'est retournée vers moi :

— Veux-tu bien m'expliquer ?

On ne peut pas revenir sur ce qui est accompli. Mère n'approuvait pas nos méthodes, mais reconnut que nous n'avions guère le choix.

— Cette pauvre enfant ne va pas étouffer ?

Le saucisson par terre émettait des gémissements sourds.

— Si détacher, crier ! grogna Yonn.

— Mais non ! Laissez-moi faire !

Et comme nous l'observions avec quelque méfiance, elle gloussa :

— Il faut bien que je prenne ma part dans l'aventure, non ?

Elle trancha les cordes qui maintenaient le sac plaqué sur le visage d'Isabelle puis elle découpa une ouverture carrée au niveau de la bouche de notre prisonnière. Je vis la poitrine d'Isabelle se gonfler convulsivement, mais avant qu'elle ait pu émettre le moindre son, ma mère appuya le couteau sur ses lèvres.

— Je te garantis, ma petite, que si tu pousses le moindre cri, je coupe ce joli petit cou, aussi net que si c'était un cou de poulet ! Me suis-je bien fait comprendre ?

Le sac hoqueta.

— Voilà ! dit ma mère. Elle respire ! Et en silence ! Maintenant, qu'est-ce que tu vas faire, mon fils ?

Je n'avais plus le choix : il allait falloir s'occuper de Manuel. Sérieusement.

Nous avons laissé Isabelle sous la garde de Mère et d'Anne-Laure, dans la grotte. Ses yeux me guettaient par le trou dans la toile. Visiblement elle aurait pas mal de choses à me dire, après...

Mais une autre fille m'attendait. Enfin, j'espérais.

Après avoir bien vérifié si aucun chasseur ne s'était aventuré dans la vallée, nous nous sommes laissés glisser en bas, Yonn et moi. Anne-Laure a remonté la corde. Elle aurait bien aimé nous accompagner, mais je lui expliquai qu'il ne fallait pas laisser Mère seule avec « la prisonnière ». Elle accepta avec un empressement suspect : je me demandai si elle ne trouvait pas quelque jouissance, elle la petite, à tenir cette belle jeune fille blonde sous son autorité. Ma sœur a toujours eu un penchant pour la dictature. À condition que ce soit elle le dictateur, bien sûr !

Nous avons progressé, Yonn et moi, de buisson en buisson. J'étais surpris de sa souplesse et de son silence : il devait être un fameux guerrier, au temps des anciennes batailles. Je me promis de lui faire raconter, quand tout serait fini...

Je pensais avoir vu, entre Yonn et Manuel, ce que l'île pouvait offrir de plus spectaculaire en matière de forbans. Je me trompais : la tournée que me fit accomplir Yonn me permit de découvrir une panoplie de personnages des plus intéressants. Il y avait Pieter Verboom, un gars sec comme un vieil arbre, mais le regard vif et le geste nerveux ; Hans le Borgne, qui affichait un grand trait de sabre en travers de son œil droit ; Wilhelm le Gros, qui balançait sa hache d'abordage comme s'il s'était agi d'un cure-dent...

Je n'avais jamais rencontré ces hommes. Ils vivaient dans des endroits perdus, cabanes en pleine forêt, grottes aménagées à flanc de falaise... Ce fut une tournée harassante, d'autant qu'il fallut parfois se cacher des chasseurs et des gardes qui patrouillaient ici et là, à ma recherche. À voir le tapage qu'ils menaient, ils n'avaient guère de chance de me surprendre !

Je remarquai, à mesure que notre escouade grossissait, que tous ces messieurs étaient des gens du

Nord, Hollandais ou Allemands. Il y avait donc deux clans : ceux de Manuel et ceux-ci. Je ne sais lesquels étaient les plus redoutables : nous surprenions nos recrues en train de fendre du bois ou de nourrir le cochon, mais dès qu'ils avaient ressorti leur sabre ou leur pique de l'endroit où ils rouillaient, ces braves paysans redevenaient des combattants d'allure féroce. J'en vis même un ou deux qui riaient tout seuls en aiguisant leur lame avec une pierre, sans cesser de trotter dans les sentiers. Ils me tapaient sur l'épaule en passant ; je me sentais grandi de deux pieds.

Nous avions recruté six compagnons, ce qui faisait une troupe de huit avec Yonn et moi. Disons plutôt sept et quart, compte tenu des différences de gabarit : à côté d'eux, j'étais un nain.

Un certain Huisman menait le train, quand nous sommes tombés sur le sire de Badménil, flanqué de deux colons armés de fusils. Nous ne les avions pas entendus approcher. Il est vrai que plus notre bande était nombreuse, plus elle était bavarde.

Huisman a pilé net. Mais j'ai oublié de le décrire : une rencontre avec un manche d'aviron l'a privé de toutes ses dents et d'une partie de son nez ; il n'est pas à proprement parler beau garçon. En outre, comme un autre accident de parcours l'a privé d'un de ses avant-bras, il a ligoté sur le moignon trois épaisseurs de chaîne, qui lui font un genre de massue. Dans l'autre main, il a en général un boulet de canon. Quand nous sommes allés le chercher, je l'ai vu fendre un arbuste à trente pas avec une de ces boules de fer.

À l'autre bout du sentier, le sire de Badménil avait lui aussi freiné des quatre fers.

— Qu'est-ce...

Puis il me vit, derrière Huisman.

— Arrêtez-le ! ordonna-t-il aux colons.

Mais ceux-ci se gardèrent bien de lever leurs armes : toute notre bande s'était déployée, l'un jouant avec sa hache, l'autre examinant son sabre, Huisman lui-même faisant sauter son boulet dans sa main comme s'il s'était agi d'une noix.

— Qui arrêter ? grommela Yonn.

— Heu... Personne, répondit le sire de Badménil.

Il se poussa, ainsi que ses compagnons, sur le bord du chemin pour nous laisser passer. La sueur jaillissait de tous ses pores.

— Bien bonne journée, monsieur, lui dis-je. À votre place, je rentrerais tranquillement chez moi...

Yonn fut plus direct. Il fit siffler son coupe-choux au ras des oreilles de notre voisin et gronda :

— Toi rentrer, toi rien vu, toi la fermer. Compris ?

Un silence affolé lui répondit. Je m'étais encore fait un ennemi. Mais je gagnais largement au change. Par exemple, me promener tranquillement en ville avec Huisman me protégerait à vie contre les garnements de mon âge. Qui oserait désormais me voler mes billes ?

Mais pourrais-je encore jouer aux billes après cette aventure ? J'avais le sentiment d'avoir sauté sans préparation du monde des enfants à celui des adultes. C'était à la fois excitant et profondément triste : adieu l'insouciance...

— Toi rêver ?

Non, Yonn, je ne rêve pas : je n'ai plus le temps !

Nous sommes arrivés comme des fauves dans les environs de la taverne d'Alcindor. Toutes ces masses de muscles se sont dissimulées dans les environs avec une facilité déconcertante. Quand ils ont été cachés, il a bien fallu que je me charge du plus difficile…

Je me suis approché de la cabane d'Alcindor en sifflotant d'un air détaché. Allait-elle m'entendre ? La porte était entrebâillée. Je grattai le bois… Une main m'aspira à l'intérieur et je me retrouvai en face d'un nez épaté et de dents de fauve.

— Qu'est-ce que tu fricotes avec ma fille, sale petit séducteur ?

Je ne répondis pas. Difficile, quand un étau noir vous serre le gosier…

— Tu ne crois pas que je t'ai vu, depuis deux jours, à tournicoter par ici ? Et on fait son malin dans la taverne, et on revient la nuit... Maintenant, tu siffles dans ma cour comme si tu étais chez toi ! Tu te crois tout permis parce que tu es...

— Si tu le lâchais, papa, il pourrait se défendre !

Marianne ! Elle était là et elle n'avait rien dit ! Elle affichait même un sourire amusé. Je repris mon souffle et coassai :

— C'est une vraie famille de fous, ici. Je m'en vais !

Alcindor bondit devant la porte.

— Holà ! On s'explique d'abord, jeune homme !

Il commençait à me chauffer les oreilles, celui-là, et sa fille aussi, qui gloussait beaucoup trop fort à mon goût.

— Ah, vous voulez qu'on s'explique ! Eh bien je vais vous dire, moi ! Vous avez comme client une espèce de bestiau qui frappe les visiteurs honnêtes sans que vous leviez le petit doigt, vous, le donneur de leçons ! Ce client semble en outre impliqué jusqu'au cou dans une espèce de complot qui va peut-être aboutir à la mort de mon père ! Alors, excusez-moi, mais je m'intéresse à lui, que cela vous plaise ou non ! Et d'ailleurs, puisque vous semblez avoir le sommeil si léger, pourquoi n'avez-vous pas vu le monsieur qui est venu il y a deux semaines rendre visite à quelques-uns de vos ivrognes ? Ce monsieur par qui tout a peut-être commencé ? Vous dormiez vraiment ou bien vous a-t-on bouché les yeux avec des piastres ?

J'entendis hurler « Papa ! », puis je me pris une torgnole en pleine joue, qui me fit voler à l'autre bout de la case. Une fois de plus, des mains douces explorèrent ma face. Cela commençait à devenir monotone.

J'écartai rudement Marianne.

— Fiche-moi la paix ! Ta brute de père ne veut rien entendre et tu ne fais pas grand-chose pour m'aider !

La cabane vacillait autour de moi. J'étais fatigué, effroyablement fatigué. Ne manquait plus qu'une chose : que Yonn et ses amis entendent le tapage et débarquent en force...

— De toute façon, c'est fichu ! Il est trop tard, tout le monde s'en fiche et c'est l'argent qui commande, comme toujours...

Une grosse main noire apparut sous mon nez.

— Lève-toi et raconte.

La face d'Alcindor était invisible, dans cette pénombre. Je saisis les doigts qu'on me tendait, me redressai d'un coup de reins. Ma joue était en feu.

— Vous avez cogné sec ! Ça ne vous arrive jamais, dans cette famille, de laisser causer les gens avant de les trucider ? Parce que toi aussi, Marianne, excuse-moi, mais tu as le couteau facile !

Je l'entendis siffler de colère.

— Et toi, tu es fort en paroles ! Qu'est-ce que tu as fait, pour ton père ?

Je leur racontai. Marianne explosa de rire :

— La fille Gousier ? La prétentieuse ? Emballée comme une saucisse ? Je donnerais beaucoup pour voir ça ! Et tu as osé ? Bravo !

— Tout ça ne me dit pas ce que tu venais faire ici, mon garçon !

J'expliquai mon plan. Quand j'eus fini, Alcindor remarqua :

— Ce sera dangereux. Ce Manuel est un méchant drôle et il y a de fortes chances pour qu'il ne vienne pas seul. Tu risques de recevoir un mauvais coup, Marianne...

Elle secoua ses longues tresses noires.

— Je le ferai quand même. Mais attention, Bastien, ce n'est pas pour toi !

— Je sais : c'est pour ma sœur !

Elle ne me griffa pas. Il y avait du progrès.

Je suis allé rejoindre les autres dehors, et me suis dissimulé avec eux, en frottant ma joue endolorie. Alcindor m'avait confié un trident à poissons qui me donnait des airs de guerrier antique. Lui-même avait empoigné ce qu'il appelait son « bâton de paix » : un épais gourdin avec lequel il calmait les clients ivres. Il avait imaginé une amélioration à mon plan – raison pour laquelle il était resté dans la cabane.

Marianne s'en est allée vers le logis des pirates de sa démarche dansante. On n'aurait pas dit, vraiment, qu'elle marchait vers le danger. Je la comparai mentalement avec Isabelle. Intéressantes toutes les deux. Mais si irritables ! Et moi si maladroit... Une fille, c'était décidément compliqué. Avec ma sœur, la stratégie était simple : il suffisait de la fuir le plus souvent possible. Mais ces deux-là, avais-je envie de les fuir ? Il est vrai qu'en ce qui concerne Isabelle, la question se posait en termes différents : dès qu'elle serait délivrée, celle-là voudrait ma tête...

Un brouhaha de voix m'alerta. Marianne revenait. Manuel la suivait à dix pas, visiblement mal éveillé, réticent, grincheux. Marianne insistait :

— Je te le dis : il n'est pas là ! Il est parti avec la mule chez le vieux Mathieu qui a terminé le tonneau qu'il lui avait commandé, paraît-il ! Viens ! Tu n'as pas peur, tout de même ?

Le ton était un peu faux. Difficile aussi, avec ce géant balafré, de jouer les amoureuses transies. La nuit, on pouvait faire semblant. Le jour, cette figure était réellement effrayante.

— Pourquoi pas le soir, *querida* ?

— Il se méfie !

Manuel aussi se méfiait, c'était évident. Il s'arrêta, se retourna, porta ses doigts à sa bouche...

Le boulet de Huisman l'atteignit trop tard : il avait eu le temps de lancer un coup de sifflet bref. Des cris retentirent et une bonne dizaine d'hommes jaillirent de la cabane, là-bas, rapides comme des chiens enragés.

Nous étions en nombre inférieur, mais nous étions prêts. Wilhelm le Gros fonça tête baissée et bouscula Manuel, l'empêchant de refluer vers ses amis. Le reste alla très vite. Wilhelm et Yonn firent face aux arrivants tandis que les autres s'occupaient de Manuel. À huit, nous n'étions pas de trop : l'Espagnol sautait comme un diable d'un côté à l'autre en fouettant l'air de son poignard. Je tentai une pointe avec mon trident. Sa lame détourna mon coup. Je sentis le choc aussi brutalement que s'il m'avait touché. Un seul contact avec cette arme et vous étiez mort...

Tout en luttant, Manuel crachait des injures à Marianne, qui reculait pas à pas vers la cabane, la face grise de peur. C'est ce qui le perdit. Échappant à nos attaques, il se précipita vers Marianne, sans doute dans l'intention de lui faire payer sa traîtrise. Il ne vit qu'au dernier moment la porte de la cabane qui s'ouvrait. Le bras d'Alcindor ne fit qu'un moulinet : le « bâton de paix » heurta le crâne du pirate avec un bruit sourd. Manuel agita une dernière fois son couteau puis s'écroula comme une masse dans l'herbe.

— J'espère que vous ne l'avez pas tué, sinon nous sommes frais !

Des cris nous firent tourner la tête : nos compagnons étaient en mauvaise posture, face à dix assaillants. Yonn avait un bras qui pendait le long du corps et la chemise de Wilhelm était tachée de sang.

— Sus à eux, les amis !

Mais Marianne hurla :

— Arrêtez tous !

Je dois dire qu'elle hurla si fort que même les plus enragés suspendirent leurs gestes. Tous les regards convergèrent vers elle. Elle avait appuyé son petit poignard, si pointu, si effilé, contre le cou de Manuel inanimé.

— Posez vos armes, ou je le saigne !

Elle était très convaincante : ils lâchèrent leurs sabres. Pieter Verboom prit le temps de ramasser tous ces tranchoirs, puis il ficela solidement Manuel et le suspendit par les pieds et les mains à un aviron. Verboom devant, Hans le Borgne derrière, portant notre prise tel un veau mort, les autres surveillant les alentours au cas où l'ennemi reviendrait, nous sommes tous partis vers la Loge, du plus vite que nous pouvions. Wilhelm et Yonn riaient comme des fous en se montrant leurs blessures. Ils se parlaient à toute allure, dans leur langage. Je pense qu'ils se racontaient les meilleurs moments de la bataille.

Alcindor gémit soudain :

— Ils vont mettre le feu à ma taverne !

— On vous en reconstruira une autre ! Et plus belle !

Maintenant, j'étais sûr de moi. À condition qu'Alcindor n'ait pas frappé trop fort...

Je laisse imaginer comment nous fûmes accueillis à la Loge : une fille noire armée d'un couteau pointu, un colosse noir balançant un gourdin, une demi-douzaine de forbans plus ou moins édentés, balafrés et bancals, dont deux étaient couverts de sang, un autre forban ligoté à un aviron, ses longs cheveux noirs traînant dans la poussière, et moi, le fils de l'assassin, menant le cortège avec mon trident...

Une foule silencieuse approcha. Les gens n'osaient rien dire : je pense que nous avions l'air redoutable. Puis des jacassements jaillirent de la Loge et le gouverneur sortit, accompagné de Gousier et de l'abbé Rustique. Quatre gardes les suivaient, qui nous mirent immédiatement en joue de leurs mousquets.

— C'est toi, commença l'abbé Rustique, qui ose troubler l'ordre public ?

Je le toisai :

— Voulez-vous que je raconte à tout le monde comment vous passez vos soirées ou acceptez-vous de parler calmement ?

Il baissa la tête et se tut. Et d'un.

Je fixai Gousier :

— Monsieur, la vie de votre fille est au bout de vos fusils : si vous tirez sur moi, c'est comme si vous tiriez sur elle. À votre place, je dirais aux gardes de baisser leurs armes !

Et de deux. Pas la peine de s'occuper du troisième : le gouverneur était aussi indécis que d'habitude.

— Tu es venu délivrer ton père ? grinça Gousier. Mais nous vous poursuivrons jusqu'au fin fond du pays ! Nous fouillerons toutes les ravines, toutes les grottes ! Tu ne pourras pas fuir éternellement ! Et alors tu le rejoindras ! Là !

Il désignait le gibet.

Je ne pris pas la peine de lui répondre. Avisant un gamin qui m'observait avec des yeux écarquillés, j'ordonnai :

— Toi ! Va me chercher un seau d'eau !

Il fila. C'est beau, l'autorité...

Je vidai lentement le seau d'eau sur la figure de Manuel, faisant bien attention à ce qu'il en pénètre de grandes louchées dans le nez et la bouche. Non, Alcindor n'avait pas frappé trop fort : le pirate se mit à tousser et ouvrit bientôt les yeux. Je fus content de ne pas comprendre son langage : apparemment, il ne m'adressait pas que des compliments. Quand il eut craché son venin pendant une minute ou deux, Alcindor lui présenta son gourdin en souriant largement. Manuel se tut aussitôt. Efficace, le « bâton de paix »...

Je me tournai vers le gouverneur :

— J'en appelle à Votre Excellence, qui est le garant de l'ordre dans cette colonie et qui représente ici Sa Majesté le roi Louis !

Gousier se pencha à son oreille pour lui murmurer quelque chose, mais le gouverneur eut un geste agacé.

— Qu'on le laisse parler, nom d'une pipe !

— Votre Excellence, il apparaît que votre vigilance a été trompée et une erreur judiciaire grave est sur le point d'être commise. L'homme que voici connaît la vérité, ou du moins une partie de cette vérité. Parle, Manuel !

Et Manuel répondit :

— *Nada.*

Ce n'était pas exactement ce que j'avais prévu. Dans mon plan, Manuel prisonnier était un Manuel bavard : la vérité éclatait, le vrai coupable était démasqué, mon père délivré et toute la colonie fêtait le héros, c'est-à-dire moi... Mais Manuel ne voulait pas parler.

Allait-il falloir le soumettre à la question ? J'avais entendu dire qu'un coffre de bois, dans la Loge, contenait les outils réglementaires pour écraser les pouces ou griller la couenne au fer rouge, mais je me disais que Manuel n'était pas du genre à parler sous la torture. Trop fier, trop fort, trop habitué à la violence, depuis toujours.

Le silence se prolongea. Le regard du gouverneur s'était à nouveau perdu dans le vague, Gousier m'observait avec une satisfaction méchante, l'abbé Rustique semblait plus apitoyé qu'irrité. Quant à la foule des curieux, elle attendait le prochain coup de théâtre, qui allait garnir le gibet d'un nombre variable de locataires : lequel l'emporterait, du clan du garde-magasin ou de celui des forbans ? Yonn et ses compagnons m'observaient, Manuel me défiait des yeux. Un suspense passionnant...

Nous en étions là quand des cris retentirent : le coup de théâtre n'avait guère tardé. Ces cris, c'était Isabelle qui les poussait. Elle arrivait en courant, suivie d'un trio de gardes qui houspillait ma mère et ma sœur. Mère me jeta un regard navré :

— La petite n'a pas tenu sa promesse...

Isabelle dardait des regards furieux sur moi :

— C'est lui ! Avec le gros, là-bas ! Je ne l'ai pas vu, mais je reconnaîtrais son odeur entre mille ! Ce qu'il pue !

Les gardes remontaient déjà leurs mousquets. Je jetai mon trident et me précipitai aux genoux du gouverneur.

— D'accord, tirez ! Mais laissez-moi parler avant ! Voici ce que j'ai découvert : le nommé Thurel n'a pas été tué dans le bureau de mon père. On l'a transporté d'ailleurs : j'ai remonté la trace jusqu'à la rue Royale et peut-être que si quelqu'un cherchait bien, il pourrait la retrouver. Manuel a confirmé cela à Marianne, l'autre soir. Par ailleurs, un homme est venu distribuer des piastres à la bande à Manuel, il y a deux semaines. Depuis, cette bande se comporte mal...

— Et c'est tout ce que vous avez pour preuve ? interrogea l'abbé Rustique. Ne t'ai-je donc pas appris, sacripant, la logique des Anciens ? Ce que tu nous racontes ne résiste à aucun raisonnement ! Des suppositions, des racontars de fille de taverne...

— Respectez-la ! Sans elle, je ne saurais rien. Et puisqu'on en est aux racontars, pouvez-vous nous dire ce que vous faisiez hier, à l'heure de la sieste ?

L'abbé Rustique haussa les épaules.

— Je dormais, évidemment !

— Avec quoi ?

— Avec rien ! Dans mon lit !

— Et qu'y avait-il, au pied de ce lit ?

Les gens commençaient à tendre le cou, intéressés par ce duel.

— Je n'ai pas à te répondre, bandit !

— Mais si, coupa le gouverneur, d'une voix douce : un saint homme comme vous n'a rien à cacher, n'est-ce pas ?

Je levai les yeux. Il avait tout à coup l'air réveillé, notre gouverneur. Il poursuivit, mâchoires serrées :

— Parce que c'est bien vous, père Rustique, qui me cornez dans les oreilles qu'il faut que cette colonie soit plus morale ! Vous n'avez rien fait contre la morale, j'espère ?

Maintenant, les gens murmuraient, imaginant sans doute des choses inavouables. L'abbé Rustique leva les mains :

— Je ne faisais rien de mal ! J'étais saoul, c'est tout !

Quelques rires fusèrent. Le gouverneur sourit :

— Ce n'est pas un péché si grave ! Que celui qui n'a jamais bu lui jette la première bouteille vide !

Les rires redoublèrent. L'abbé rougit jusqu'à la racine des cheveux.

Je repris :

— Vous aviez bu, monsieur l'abbé, un flacon entier d'excellente eau-de-vie. Et savez-vous pourquoi je vous embête à ce sujet ? Ce n'est pas pour vous ridiculiser, mais pour que vous disiez à Son Excellence quel généreux ami vous avait apporté ce cadeau si rare...

— Groots. Et ce n'est pas un ami.

— Il n'est pas votre ami ! Et cela n'étonne personne ? Comme par hasard, Groots, un forban assez peu fréquentable et notoirement stupide, apporte un alcool coûteux, qu'il n'a évidemment pas pu acheter lui-même, juste après le procès, au moment où l'abbé, qui est un honnête homme, pourrait se poser des questions. Par exemple, l'abbé pourrait se demander si on n'est pas allé un peu vite pour condamner ce pauvre PaixdeCœur ? Pour éviter ces questions, on l'assomme, en quelque sorte. Et attendez ! Qui passait, comme par hasard, près du bureau et armé d'une hallebarde, au moment précis où mon père a découvert le cadavre de Thurel ?

— Qu'on me trouve ce Groots ! ordonna le gouverneur. Vite !

Le chef des gardes hésitait : tout son effectif – c'est-à-dire six hommes – était mobilisé pour nous surveiller.

— Allez-y ! insista le gouverneur. Je ne crois pas que PaixdeCœur le Jeune va s'enfuir...

Hélas, ils eurent beau battre toute la ville : Groots resta introuvable.

Il commençait à faire terriblement chaud sur ce bord de mer dénudé et il n'y avait pas assez de place dans la Loge pour nous abriter tous.

— Allons derrière, proposa le gouverneur, il fait plus frais sous les arbres et ton père pourra enfin comprendre les raisons de ce tintamarre !

Il fit une drôle de tête, mon père, en nous voyant arriver, Mère, Anne-Laure et moi, ajustés par des gardes nerveux et suivis par une bande de gaillards patibulaires, portant le Manuel que personne n'avait détaché.

— On vous expliquera, lui dit le gouverneur. Prenez vos aises et écoutez...

Ce à quoi mon père répondit, l'air de celui qui ne s'en fait pas :

— Je boirais bien un café.

Le café pousse bien ici. C'est la seule denrée que la Compagnie paie cher : avec trois grands sacs, vous avez de quoi acheter un cheval ! Il est vrai que notre café alimente la table du roi... Le gouverneur a hoché la tête, un serviteur a galopé. Personne ne s'est étonné : un vrai pays de fous.

— Eh bien, soupira le gouverneur, qu'allons-nous faire ? Sans ce Groots pour éclairer nos lanternes... Parce que tout de même, il est bien mort de quelque chose, le Thurel ! Il y a donc un coupable !

Il fixa l'abbé Rustique d'un air de reproche :

— Et si certains ne s'étaient pas laissé monter la tête à coups d'eau-de-vie, peut-être aurions-nous attrapé le vrai responsable !

Je voyais bien que depuis un moment l'abbé Rustique tirait une drôle de figure. Il devait se rendre compte, enfin, qu'il s'était embarqué sur une mauvaise voie ; quelqu'un avait dû exploiter sa rogne contre les « pécheurs » et autres « suppôts de Satan » pour le lancer contre mon père. Dans quel but ? Et qui ? Voilà ce que je n'arrivais toujours pas à deviner.

Le café arriva, sur le plateau personnel du gouverneur, dans une belle tasse en porcelaine de Chine.

— Merci, dit mon père.

Et il commença à siroter, soufflant sur l'épais breuvage noir pour ne pas se brûler les lèvres.

— Mais enfin, PaixdeCœur, vous n'avez pas peur ? lui demanda le gouverneur en le fixant avec des yeux ronds.

Il obtint un sourire en réponse.

— Mais non, monsieur le gouverneur, je me doutais bien que votre sagesse vous éclairerait à un moment ou à un autre. Et quelques âmes pures se démenaient pour moi, si je ne me trompe !

Je bombai le torse de fierté. L'abbé Rustique, pour sa part, piqua d'un cran supplémentaire vers le sol. On eût dit qu'une croix pesait sur ses épaules.

Mais notre abbé est trop fier pour se laisser longtemps écraser par la culpabilité. On entendit un genre de gargouillement, comme celui d'une marmite trop chauffée, et l'abbé Rustique se redressa soudain, animé d'une sainte colère.

— Ah, on s'est servi de moi ! Ah, on m'a trompé ! Ah, on a voulu me faire perdre la tête ! Eh bien, on va voir ce qu'il en coûte de se moquer d'un serviteur de Dieu !

Il marcha à grands pas vers Manuel, qui se mit à gigoter sous son aviron en le voyant animé d'une telle fureur. Au passage, il s'arrêta devant Marianne :

— Donne-moi ça, toi !

Le couteau pointu changea de mains.

— Écartez-vous ! ordonna l'abbé.

Nous fîmes tous un pas en arrière : le couteau accomplissait d'impressionnantes arabesques.

L'abbé s'agenouilla près de Manuel et gronda.

— Toi qui ne veux pas parler, je te garantis que tu vas me chanter la plus belle chanson de ta vie ! Parce que tu vois cette lame ? Bien aiguisée, hein ? Je suis sûr que tu ne vas même rien sentir quand je vais te faire sauter l'œil droit, puis l'œil gauche... Et tu ne sentiras guère plus quand je vais te trancher la gorge, ensuite...

Le prisonnier se tortillait désespérément pour échapper à l'abbé, mais avec les chevilles et les poignets liés à une perche, on ne va pas loin.

Le gouverneur se racla la gorge :

— Hem ! Palsambleu, mon cher ! M'est avis que vous vous laissez emporter quelque peu...

— Silence ! C'est une affaire personnelle entre lui et moi ! Ou plutôt entre son maître et Dieu ! Et je n'ai pas fini !

Il se retourna vers sa victime, tournant la lame de gauche à droite comme s'il s'apprêtait à ouvrir des huîtres.

— Et je vais te dire quelque chose, Manuel, gronda-t-il : tu mourras sans confession ! *Niente !* Tu n'auras pas droit à la moindre prière et ton corps sera jeté aux chiens ! Et tu n'auras même plus d'yeux pour voir dans quel enfer tu tombes !

L'abbé Rustique leva le couteau vers le ciel :

— Que le Seigneur guide ma main !

À ses pieds, le colosse balafré émit un râle :

— Non ! Pas sans prière ! *Io hablo !* Je parle !

C'est à ce moment que retentit le coup de feu.

Nous étions tous tournés vers Manuel et l'abbé Rustique, évidemment : la scène était impressionnante. Personne n'avait vu, dans notre dos, l'écrivain Gousier armer son pistolet. Sauf mon père : au moment où Gousier allait tirer, il lui lança une poignée de poussière au visage. La balle s'égara ; elle fit voler la terre à deux doigts de l'abbé.

— Diantre ! s'écria le gouverneur. Que cherchiez-vous à faire, Gousier ?

L'écrivain essuyait ses yeux, cherchant désespérément une arme autour de lui. Il se précipita vers le « bâton de paix » d'Alcindor, mais ce dernier le repoussa d'une bourrade qui l'envoya heurter un arbre. Il resta là, recroquevillé contre le tronc, silencieux.

— Eh bien, mon ami, parlez ! murmura mon père.

Gousier chercha le regard de sa fille, qui se tenait parmi nous, pâle d'inquiétude.

— Je dois te demander pardon, Isabelle : j'ai fait une sottise...

— Sur qui vouliez-vous donc tirer, fichtre donc ? demanda sévèrement le gouverneur.

— Sur Manuel, pour qu'il se taise ! Mais j'aurais mieux fait de tourner le canon vers moi-même... M'en auriez-vous empêché, PaixdeCœur ?

— De la même manière, répondit mon père.

— Vous m'auriez sauvé la vie, comme vous avez sauvé celle de cette brute ? Je n'en ai que plus honte...

Il nous a tout raconté, par petits bouts. Au départ, il voulait bien faire : la colonie glissait vers la décadence, pensait-il, et il était urgent de réagir. Or, le gouverneur semblait perdu, incapable de rétablir l'ordre.

— Ma première idée a été de vous renverser, Monsieur. Mais il fallait que je prouve à quel point le chaos s'était installé. L'abbé était d'accord avec moi. Pas pour vous renverser, mais pour redresser les mœurs. J'ai donc pensé que quelques incidents pourraient effrayer les bons colons et les mettre dans mon camp...

J'intervins :

— C'est vous qui avez distribué des piastres aux pirates ? Vous vouliez qu'ils fassent du désordre ?

— Oui. Mais les choses sont allées trop loin. Il y avait deux bandes : ceux du Nord et ceux du Sud. Je ne pensais pas qu'il y aurait des batailles aussi violentes. Et quand ils ont fini par tuer ce Thurel...

— Vous avez pensé le mettre dans le bureau de mon père ?

Gousier se rebiffa :

— Non ! C'est lui, cette canaille de Manuel ! Il m'a mis devant le fait accompli ! Il avait déjà envoyé Groots afin qu'il donne l'alerte. Si je ne le suivais pas dans son plan, j'étais perdu !

— Et vous m'auriez laissé pendre ? demanda doucement mon père.

— Non ! Bien sûr que non !

— Naturellement ! Si vous m'avez condamné à mort, ce n'était que par jeu, je présume !

Gousier s'affala encore un peu plus le long de l'arbre à l'écorce rugueuse. Il murmura :

— C'était comme un vent de folie qui m'emportait... Me pardonnerez-vous tous ?

— Ça, répondit le gouverneur, il faudra le demander aux juges de Sa Majesté. Nous attendrons le temps qu'il faudra, sacrebleu, mais je ne pense pas que qui que ce soit ait envie d'organiser un second procès ici ! N'est-ce pas, mon père ?

L'abbé Rustique se hâta d'acquiescer.

— Que l'on délivre mon ami PaixdeCœur, poursuivit le gouverneur et qu'on lui donne ma chambre. Pour ma part, je crois que je vais aller cacher ma honte quelque temps dans une grotte ! Il paraît que vous en connaissez une, madame PaixdeCœur ?

Un garde accourait déjà avec des clés. Les chaînes tombèrent. Le premier geste de Père fut de serrer maman dans ses bras.

— Ne laissez pas refroidir les fers : amarrez-moi ce traître ! tonna le gouverneur.

À ces mots, Père interrompit ses embrassades.

— J'aimerais vous demander une faveur, Excellence : qu'on laisse monsieur Gousier en liberté surveillée. Nous n'aurons pas assez de chaînes pour attacher ce Manuel et ses compagnons ; inutile de les gaspiller pour un gentilhomme qui s'est un peu fourvoyé... En outre, je vous assure que l'endroit est franchement inconfortable ; j'ai le fondement tout meurtri !

Un éclat de rire général salua ces paroles. Seul Manuel ne s'esclaffa pas. Ni Gousier. Ni Isabelle. Elle gardait obstinément les yeux au sol. J'avais de la peine pour elle.

Le gouverneur interrompit les réjouissances :

— Mes amis ! Je pense qu'il faut battre le fer pendant qu'il est chaud. Aussi, avant d'aller faire pénitence dans ma grotte, j'aimerais bien régler cette question des forbans. Monsieur Pitre, seriez-vous assez aimable pour nous prêter main-forte, vous et vos camarades ? Oui ? Tonnerre ! Je suis heureux de vous serrer la main ! Vous êtes ? Hans le Borgne ! Fichtre donc ! Que c'est intéressant ! Et vous perdîtes votre organe en quelle brave circonstance ?

Ils s'éloignèrent en bavardant comme des poissonnières, sur le chemin qui menait vers la taverne d'Alcindor. Tous : le gouverneur, l'abbé, les gardes, les amis de Yonn, plus quelques solides colons venus prêter main-forte. Les bandits ne feraient pas long feu.

Ne restaient, autour du rocher et de ses chaînes, que Manuel, toujours ligoté à son aviron, mon père et ma mère, qui se mangeaient du bec comme deux fiancés, Gousier, affalé contre son arbre, n'osant pas regarder Isabelle, laquelle fixait l'horizon sans dire un mot. Marianne était restée aussi. Elle avait récupéré son couteau et l'aiguisait machinalement sur le rocher aux chaînes. Les oiseaux pépiaient à nouveau. Peut-être n'avaient-ils pas cessé : que signifient les sottises des hommes quand on a le ciel pour maison ?

Je m'approchai de Gousier.

— Dites-moi, il y a un mystère que je ne peux pas m'expliquer. Le soir où vous êtes venu distribuer des piastres aux forbans, vous boitiez. Pourquoi ?

Il m'adressa un pâle sourire.

— C'est tout bête : il y avait un caillou dans ma botte et j'étais tellement nerveux que je n'ai pas pris le temps de m'arrêter pour l'enlever. J'aurais dû, peut-être cela m'aurait-il fait réfléchir ?

Je m'écartai. C'était fini. D'ici quelques mois ou quelques années, un bateau viendrait, qui emmènerait Gousier vers un tribunal de France, la prison et peut-être pire. Les pirates aussi seraient du voyage. Pour eux, l'issue ne faisait guère de doute. Le pays serait un peu plus calme, pendant quelque temps, et les gens qui n'avaient pas dit un mot pour sauver mon père essaieraient de se faire pardonner en le saluant bien bas : il allait être de toutes les invitations, dans les mois à venir, et bon comme je le connaissais, il ne dirait même pas non.

Resterait une fille sans père, marquée par la honte. Isabelle pleurait en silence. Où était la fille hautaine qui passait devant moi sans me regarder, l'autre jour ? Un changement de son me fit tourner la tête : Marianne aiguisait son couteau de plus en plus furieusement, en faisant bien attention à ne pas me regarder.

Un petit poing s'enfonça brutalement dans mon abdomen. Deux yeux moqueurs me dévisagèrent et Anne-Laure me dit :

— Te voilà bien avancé, maintenant !

Daniel Vaxelaire

L'auteur est un Lorrain né en 1948 et installé à La Réunion. Il a effectué de nombreux voyages, notamment dans des îles de l'océan Indien, au Moyen-Orient, en Inde... Il s'est spécialisé dans l'histoire de La Réunion et de l'océan Indien. Ses romans, pour adulte ou pour la jeunesse, en sont principalement inspirés. Daniel Vaxelaire travaille également pour la presse, écrit des guides, des encyclopédies, des livres d'histoire, des scénarios pour la bande dessinée, le théâtre et l'audiovisuel, et a animé des stages de créativité littéraire pour la jeunesse.

Chez Flammarion Jeunesse, il est aussi l'auteur du roman *En haut, la liberté*.

MARCELINO TRUONG

L'illustrateur de la couverture est né à Manille. Enfant, il voyage au Viêtnam, aux États-Unis et en Angleterre. Après Sciences Po et l'agrégation d'anglais, il choisit la vie d'artiste. Il a appris le métier d'illustrateur en multipliant les collaborations dans la presse, l'édition et la publicité. Marcelino Truong vit à Paris.

ROMANS

Tout un monde de lecture
entre les mains.

TITRES DÉJÀ PARUS

Flammarion Jeunesse

LE DIABLE DANS L'ÎLE
Christian de Montella

1604. Un navire espagnol accoste une île des Terres australes. Fils du commandant, Diego refuse la barbarie de cette conquête : il combat... mais du côté des indigènes. Avec eux, il découvre une nouvelle vie, heureuse. Jusqu'au jour où des incidents sèment la panique : un esprit diabolique rôde dans l'île ! Les habitants soupçonnent Diego...

« J'étais dans une colère qui valait bien celle de leur yarimu, de leur diable. Autour de moi, alors que l'incendie rougeoyait, s'asphyxiait, faute de combustible, on chuchotait. On chuchotait que, de mémoire d'homme, aucune habitation n'avait jamais pris feu de la sorte. »

ROBINSON CRUSOÉ
Daniel Defoe

Robinson Crusoé rêve de sillonner les mers. Mais un jour, une terrible tempête le fait s'échouer sur une île déserte. Ingénieux et persévérant, il lutte pour survivre et recrée, au cœur de l'île sauvage, une vie civilisée. Alors qu'il se croit condamné à rester seul toute sa vie, Robinson fait la rencontre d'un jeune indigène, Vendredi...

« J'ai dirigé mon regard vers le bateau échoué, mais l'écume et le crachin de mer étaient si denses que je pouvais à peine le distinguer. Il était tellement loin ! »

Flammarion Jeunesse

FRÈRES D'EXIL
Kochka

La pluie ne cesse de tomber.
Les eaux montent et la peur envahit l'île.
Alors que le départ de sa petite-fille approche,
Enoha se dépêche de lui écrire des lettres.
Nani les emporte avec elle contre sa poitrine.
Peu importe où elle ira désormais,
elle part avec un trésor.

« Il y a des moments dans la vie où ce qu'on croyait solide s'effondre. Alors il faut faire son bagage. Où que la vie t'emmène, Nani, n'oublie jamais d'où tu viens, mais va ! »

L'ÎLE AU TRÉSOR

Robert Louis Stevenson

Jim Hawkins, jeune garçon courageux, s'embarque sur un navire à la recherche d'un trésor enfoui sur une île déserte. Il se trouve alors aux prises avec des pirates patibulaires, dont un certain Long John Silver doté d'une jambe de bois. Cette aventure incroyable nous plonge dans un monde de pirates sanguinaires, plus vrais que nature, qui s'entredéchirent sur une île brûlée par le soleil. L'affrontement sera sans merci...

« En admettant que j'aie ici dans ma poche un indice capable de nous guider vers le lieu où Flint a enterré son trésor, croyez-vous que ce trésor serait considérable ? »

Flammarion Jeunesse

Jules Verne

Texte intégral

Adapté par Michel Honaker

Adapté par Michel Honaker

Plongez dans les tréfonds des océans avec le mystérieux capitaine Nemo, vivez l'expérience de naufragés sur une île déserte, suivez Phileas Fogg dans son pari fou de faire le tour du monde en seulement 80 jours !
Les héros légendaires de Jules Verne vous attendent pour vivre avec eux leurs aventures trépidantes et leurs découvertes extraordinaires.

L'APACHE AUX YEUX BLEUS
Christel Mouchard

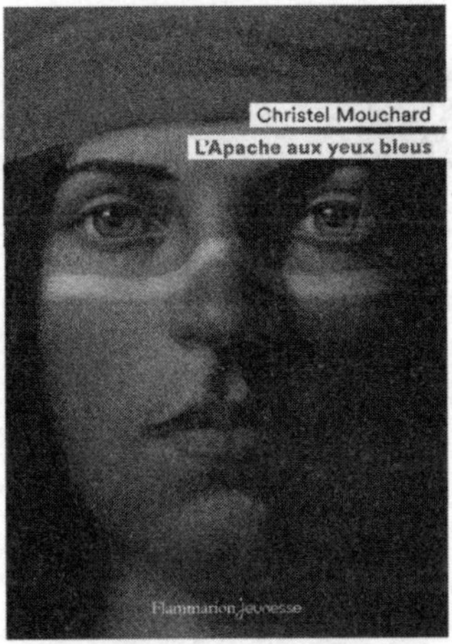

Herman a 11 ans quand il est enlevé par les Apaches. D'abord traité en esclave, il se montre fort et courageux et gagne le respect de ses nouveaux frères.
Dans l'immensité des plaines du Texas, très vite, il devient l'un d'eux, un Apache valeureux qui n'a peur de rien et qui protège sa tribu.

« Herman sentit en lui une grande chaleur. C'était plus fort que lui : il était fier. Fier d'avoir été reconnu digne d'être un enfant de chef, fier d'avoir été accepté par le clan. »

TROIS GOUTTES DE SANG

Martine Pouchain

Au XIIIe siècle, il ne convient pas pour une jeune fille de travailler. Encore moins d'exercer le métier de copiste. C'est donc sous le nom de Thomas le Bleu qu'Élisabeth, rebelle et passionnée, présente ses manuscrits et participe au concours du plus bel ouvrage. Un jour, elle retrouve son travail brûlé : et si quelqu'un connaissait son secret ?

« Réveillée par l'odeur de la fumée, Élisabeth accourt aussitôt et jette une couverture sur les flammes. L'enluminure sur laquelle elle s'appliquait la veille ainsi que quelques fragments d'une écriture soigneusement calligraphiée se laissent encore deviner sur le parchemin roussi. »

Flammarion Jeunesse

LE CRIME DE LA PIERRE LEVÉE

Catherine Cuenca

Juin 1101. Bruna quitte son village natal pour travailler aux cuisines du château de Roquemaure. La région est alors hantée par des crimes commis près d'une pierre réputée magique. Les dangers sont partout autour de la jeune fille et les suspects sont nombreux. Bruna devra faire preuve de courage et trouver des alliés.

« – Adeline m'a demandé si je connaissais des recettes pour trouver l'amour, dit Bruna. Elle est sans doute allée toucher la Pierre levée.

– Et c'est la mort qu'elle a trouvée, compléta sombrement Florent. »

Flammarion Jeunesse

Flammarion jeunesse

Cet ouvrage a été mis en pages par

<pixellence>

Imprimé à Barcelone par:
CPI Black Print

Dépôt légal : août 2021
N° édition : L.01EJEN001796.A003
Loi n° 49-956 du 16 juillet 1949
sur les publications destinées à la jeunesse